冷徹非情な次期総帥は
初心な彼女に求愛の手を緩めない

m a r m a l a d e b u n k o

マーマレード文庫

目次

冷徹非情な次期総帥は初心な彼女に求愛の手を緩めない

冷徹非情な次期総帥は
初心な彼女に求愛の手を緩めない

1. ナツツバキ

大和撫子《やまとなでしこ》、良妻賢母《りょうさいけんぼ》――。私に求められ、期待されているのはそういった人物像。かみ砕いて言うならば、キャリアを積むよりも、両親や親族に喜ばれる相手と幸せな結婚をして家庭を守っていけばいい、というもの。

ひとり娘なのもあり、大切に育ててくれたのもわかっているから、そういった両親の期待を背負うのも仕方のないことと甘んじて受け入れていた。

それはまだ、本当に誰かを好きになったことがなかったからだと気づいたのは、つい最近の話。

彼ほど心を動かされる人と、出会ったことがなかったから。

＊＊＊

その日は晴天。おでかけ日和に、私の気分は上がっていた。

気持ちが浮き立っているのは、天気のせいだけではない。

これから向かう先が、憧《あこが》れの場所だから。

「やっほー。恵《めぐみ》！　久々だね～」

約束の場所で待っていると、親友の和香奈《わかな》がいつもと変わらぬ笑顔で手を上げた。

「和香奈！　元気だった？」

数か月ぶりに再会した友人を前に、自然と顔が綻《ほころ》ぶ。

彼女は私の中高時代の親友だ。文系の私とは対極にいる理系女子で、さらにスポーツも得意だった憧れの同級生。私立女子中学校に入学してまもなく出会い、それから六年間同じ学校で過ごした。

高校卒業後は別々の進路になり、今彼女は理系国立大学の大学院生だ。

「元気じゃないよ。ついこの間まで、やること多すぎて頭爆発寸前だったの。だから甘くて美味《おい》しいもの欲しくて、それで今日アフタヌーンティーに誘ったんだよ」

眉間《みけん》に皺《しわ》を作って返す和香奈を見て、大学院での研究は大変なのだと察する。

「和香奈は、頭使うと甘いもの欲しくなるって昔から言っていたもんね」

「それよ！　だから今日は奮発《ふんぱつ》して！　〝カメリヤ〟のスイーツ！」

彼女はガッツポーズをしながら、不敵な笑みを浮かべて言った。

かくいう私も、『カメリヤ』という単語に、改めて胸を震わせていた。

〝スノウ・カメリヤ東京〟——通称『カメリヤ』は、外資系の高級ホテル。外資系なだけあり、その建物の外観をはじめ、内装も海外風のデザインで非日常を味わえると有名だ。

環境もサービスも料理の味もすべて一流のカメリヤは、それらに見合った価格設定のため、頻繁《ひんぱん》にそれも気軽に利用できるような場所ではない。たとえば、ボーナスが出たから自分へのご褒美《ほうび》に行ってみようか、などという特別な存在。

そんな格式高いホテルに、私は運よく一度だけ行ったことがある。

あれは中学生の頃。祖父に、最上階のレストランへディナーに連れていってもらったのだ。祖父はカメリヤの常連客だった。

私の実家の葉山崎《はやまざき》家は、いくつかの医療施設の経営をしている。その中でも一番大きな施設は、東京郊外にある『葉山崎ホスピタル』という総合病院だ。開院してもうすぐ七十五年になるその病院は、曾祖父から代々受け継がれてきた。

曾祖父が健在だった頃は、祖父もともに仕事に明け暮れ、事業を拡大してきたらしい。今や都内にクリニックと介護施設が二か所ずつ。さらにリハビリセンターが一か所あり、それらの施設を葉山崎グループと呼んでいる。

ちなみに現在、グループ理事長が祖父で葉山崎ホスピタルの院長が父だ。ほかに親戚や私のいとこも数人、グループ内で医師として働いている。

葉山崎の家系は医療従事者が多く占めているが、その中で、私は別の世界を生きていた。

私の職は、医療関係からはほど遠い〝書道家〟だ。といっても、まだ新人みたいなもので、師が開いている書道教室のアシスタントをしながら活動をしている。

早々に医療の道をあきらめたのは、きっと私自身よりも両親のほうが早かったのではないかと思う。昔から、そっち方面の成績が芳《かんば》しくなかったから。

結局、今では私の好きな道を進ませてくれてはいる。けれども、将来においてはそうもいかなそうで、ときどき鬱屈《うっくつ》した感情が滲《にじ》み出る。

好きな仕事をしていられるのは、結婚するまでのわずかな間。そのうち、父が結婚相手の候補を挙げて、正式な縁談へと進めるのだろう。

別の方向へ思考を引きずられていると、和香奈の明るい声で現実に引き戻される。

「カメリヤ行くのに、勇気出なくてさ～。今日は付き合ってくれてありがとね」

「ううん。私もいつか行きたいと思ってたの」

「ありがとう。恵は相変わらず見た目も雰囲気もふんわりしてて、癒《い》やされるなあ」

「え？　そ、そう？　あ、服装のせいかな」

今日は行き先が決まっていたのもあり、綺麗《きれい》めコーディネートを意識した。シェルボタン付きのライトレモン色のブラウスに、アイボリー系のとろみのある花柄生地のスカート。それに合わせたのは、お気に入りの白色のダブルフェイスレザーミニトートバッグだ。肩下までの髪はハーフアップにし、毛先を軽く巻いた。

普段、仕事では動きやすくて汚れても目立たない色の服装をしている。だから、せめて休日は明るいものを身に着けることが多い。

「ま、それだけじゃないんだけどね。そうそう。服装なんだけどさ。今日カメリヤ行くっていうのに、私こんな感じの服装しかないことに昨日の夜に気づいて」

和香奈はそうこぼしながら、自分が着ている服を両手で摘まんだ。

彼女が『こんな感じの』と言う服は、いわゆるマニッシュ系で、その中でも個性的な柄や色のものを好んでいる印象がある。

ちなみに今日の和香奈の服装は、ホワイトと藍色《あいいろ》のレースがプリントされたヴィンテージ風シャツに、裾《すそ》がかなりゆるっとした黒のパンツ。

襟《えり》付きのシャツだし、レトロなレース柄だから上品さもあるとは思うけれど……。

強いて挙げるなら、ボトムスの形が少しラフに思えなくもない。

「和香奈のファッションは、和香奈に似合ってて素敵だよ。だけど、ドレスコードはないとはいえ、格式高い場所に合う服装って悩むよね」

和香奈は頷きつつ、腕を組んで難しい顔をしている。

「ねえ。やっぱりこのままじゃ不安だから、このあと洋服買うのに付き合ってくれない？　まだ時間あるよね？」

「うん。もちろんいいよ」

「よかったあ。ひとりじゃ決められないから助かる～」

そうして、私たちはひとまずセレクトショップを目指した。

和香奈の買い物が終わり、私たちはついにスノウ・カメリヤ東京までやってきた。

実際に敷地に入る前からその外観を遠くに見て、改めて規模の大きさに感嘆の息が漏れ出た。

確か最上階は三十八階……だったかな。高層階の建物は、近づくにつれ大きくなって、見上げる首が痛くなる。

「あー、めちゃくちゃドキドキしてきた。楽しみすぎる」

どうやら和香奈もテンションが上がっているようで、気持ちを抑えきれないみたい。

和香奈がまだホテルを見上げているとき、私の意識は正面玄関のロータリーまで続く生け垣にいっていた。

高さは身長百五十七センチの私よりも高い。この生け垣の向こう側こそ、ここカメリヤの人気のひとつである椿の庭園が広がっているのだ。噂《うわさ》によれば、今から利用しようとしているレストランからも、その景色が望めるらしい。

生け垣に沿って緩やかな上り坂を行き、エントランスが目前となった。

そこはどこかの国の王宮であるかのごとく威風堂々《いふうどうどう》とした造りで、圧倒される。日常では、以前通っていた着付けの稽古先や現在の職場など、日本家屋のほうに慣れ親しんでいるせいもあるかもしれない。

異国にいる気分にでもなりそうな典雅《てんが》な景観に見惚《みほ》れていると、一台の車が横切っていった。

高級車から姿を現したゲストは、淑女と紳士と表現するのがぴったり来る、外国人のふたり。背の高い男性が、女性の腰に手を回してエスコートする様はごく自然で、まるで映画のワンシーンだ。

そのふたりはドアアテンダントスタッフに促《うなが》され、ロビーへと消えていった。

「ようこそ。いらっしゃいませ」

先客に見入っていたら、そのスタッフは私たちに気づき、笑顔で声をかけてきた。

和香奈と目を見合わせ、入り口のドアに手を添えてくれているスタッフを前に腰を低くして中へと歩みを進めた。

ロビーを見て、さらに息をのむ。

汚れひとつなさそうな、磨かれたフロア。そこに反射して映るのは、吹き抜けの天井から下がった立派なシャンデリア。外観同様、内装も西洋風で海外旅行に来た気分を味わえる。

私は恍惚《こうこつ》として小さな息を吐いた。

以前一度来たときは、周囲を見渡して観察することもせずにただ祖父のあとをついていっただけ。でも今は……。

「メディアなんかでは見てたけど……実際にここに立つと、なんかすごいね。煌《きら》びやかっていうか、世界が違って感じる」

どうやら和香奈も似た感想を抱いていたらしく、ぼうっとしながらそうつぶやいた。

「そうね。別世界みたい」

非日常を味わえる至極の時間。ここに足を運ぶゲストはみんな、この優雅な雰囲気を求めてやってくるのだろう。

「レストランは……あ。あっちに案内板がある。見てみよう」

和香奈の声にハッとして意識を現実に引き戻し、彼女について歩く。

途中、フロント前でさっきの外国人ゲストを見かけた。対応している男性スタッフは、流暢《りゅうちょう》な英語で接客をしていて、感服する。

私の勤める書道教室では、週三日の継続教室のほか、月に二日だけ海外旅行者向けに体験教室を催《もよお》している。日本の伝統文化に興味がある海外の人たちの間で、ある種の体験型アクティビティとして人気を博《はく》していた。

私も、仕事場に海外からの旅行客が来るようになって、リスニングは少しできるようにはなってきたけれど、伝えたい気持ちを英語で表現するのはいまだに苦手だ。

私はスタッフの男性に軽い羨望《せんぼう》を抱き、接客シーンを視界の隅に捉えながら歩く。

あの人……フロントにいるほかのスタッフとは制服が違う。もしかして、役職についているスタッフなのかな。雰囲気もそういう感じがする。微笑《びしょう》を浮かべて会話をしているだけなのに、気品が感じられるというか……。シンプルなデザインの黒のスーツなのに、目を引くほどかっこいい。

「恵、こっち側のつきあたりにあるみたいだよ。行こう」

「あっ。う、うん！」

そして、和香奈がレストランまで先導してくれる。

廊下を歩き続けると、つきあたりに木枠でできたレトロなデザインの入り口が見えてきた。さらに近づいていけば、壁に〝ADAGIO《アダージョ》〟と書かれたゴールドのプレートが掲《かか》げられている。

レストランアダージョの入り口は、腰の高さから上に向かって格子の窓になっていた。和香奈はその窓から店内を覗《のぞ》いて弾んだ声を出す。

「わあ。見て、恵。そこのショーケース！　めちゃくちゃ美味しそうだよ！」

私も和香奈の隣に移動し、店内に入ってすぐの場所に置かれたショーケースを見た。

ケーキショップにあるようなショーケースがひとつ。そのショーケースの中には、小ぶりだけれども華やかなスイーツたちがたくさん並んでいた。

遠目だとケーキの種類まではわからない。でも、色とりどりで形も様々なのはわかるから、俄然《がぜん》楽しみになってくる。

「いらっしゃいませ。ご案内をお待ちでいらっしゃいますか？」

窓越しに見えるスイーツに夢中になっていた私たちは、レストランのスタッフに声をかけられ背筋を伸ばす。

問いかけに答えたのは和香奈だった。

「はい。ふたりです」

「二名様ですね。お待たせいたしました。ご案内いたします」

男性スタッフが恭《うやうや》しく頭を下げる。

その後、案内されたのが運よく窓際の席で、私は内心喜んだ。

店内の奥にあるテーブル席は、足元から天井までの大きな窓から外を眺められる特別な空間だった。

陽を遮る建物が近くにはないため、採光が取れてこれほどまでに明るいのだろう。ほどよく射し込むお日様の光は自然を感じられ、明るく爽やかだ。

丁寧に椅子《いす》を引いてもらって、私は静かに腰を下ろす。

一度スタッフがテーブルを離れたあと、窓の向こう側に目を向ける。

スイーツももちろん楽しみだけど、私は、最上階のレストランとはまた違う、ここアダージョから眺められる景色をなによりも楽しみにしてきた。

レストランと庭園を隔てている目の前のガラスは曇りひとつなく、窓ガラスがないような錯覚を覚えるほど。

そして、視界を広げていくと、その先には青々と茂る椿の木。庭園内には散歩道も作られていて、奥には植物で作られたアーチも見える。

もしも、あのアーチの植物も椿なら、花が咲く時期にはとても美しいスポットになるに違いない。

「うーん。アソートプラン狙いだったけど、季節限定の杏子と桃のタルトも惹《ひ》かれる。アフタヌーンティーセットも捨てがたい」

和香奈の声で視線を戻し彼女を見ると、真剣な顔つきで悩んでいる。どうやら着席してすぐにメニューに夢中になっていたらしい。

その姿に思わずクスリと笑って、メニューを覗き込んだ。

「アソートプランって、なに？　ああ、ビュッフェみたいな感じなのね」

さっき入り口で見たショーケースのケーキは、このプラン用のスイーツだったのがメニューの補足を読んでわかった。

和香奈は、メニューに人差し指を置いて答える。

「アソートプランにして、さらに限定のタルトも単品で頼んじゃおうかなあ。ちょっと量多いけど、せっかく来たし」

「私も和香奈と同じにする」

本当は、そんなに食べられるか不安ではあったけど、『せっかく来たし』という思いは私も一緒だった。

ちょうどミネラルウォーターを持ってきてくれた女性スタッフに、和香奈が代表してオーダーしてくれる。

「アソートプランに杏子と桃のタルトをおふたり分ですね。かしこまりました。お飲み物をこちらからお選びください」

女性スタッフが復唱し、飲み物のメニューを指したときに、ふと迷いが生じる。

「やっぱり私、タルトやめようかな……。食べきれなかったら申し訳ないし」

気持ちはもちろん食べたいけど、残してしまったら失礼だ。

そう思って小さくつぶやくと、女性スタッフは柔らかな表情を向けてきた。

「お客様。アソートプランのケーキのお持ち帰りはご遠慮《えんりょ》いただいているのですが、単品のスイーツはお包みできますよ。今の時期の限定タルトは人気もありますので、もしよろしければ、ぜひ」

「そうなんですか？　じゃあ……そうしようかな」

私がこぼすと、正面に座る和香奈は無言ながら『うんうん』と私を肯定するようにキラキラした目をしている。

「はい。どうぞお気軽にお申しつけください」

すると、女性スタッフはにっこりと微笑《ほほえ》んだ。

結局私は、持ち帰り前提でそのまま注文することにした。

そうして、美味しいスイーツと至極の時間に、最後まで幸せなひとときを過ごしたのだった。

「もうもうもう！　最高だった！　接客も、雰囲気も、料理の味も！」

レストランを出た直後、和香奈が興奮気味に言った。

「本当だね。私、最後に食べた抹茶のケーキがすごく美味しかった」

「私も！　でもなによりもサービスがすごく印象的だったね。居心地がよかった」

改めて有意義なひとときを過ごせたと噛《か》みしめていると、和香奈に提案される。

「ねえ、恵。せっかくだし、庭園通ってから帰らない？」

「うん、行きたい！」

せっかく来たのだから、庭園も見て帰りたい。

私たちはレストランから見た庭園の位置を思い出しながら、勘で廊下を歩いたものの一向にたどり着かない。奥へ進むにつれ、人気《ひとけ》も少なくなっていった。

「うーん。やっぱりわかんないね。あっ。あの人、スタッフかも。聞いてみよう」

和香奈が前方の曲がり角から現れた男性を見つけ、小走りでそちらへ向かった。

和香奈のもとへ行こうとしたとき、別方向からやってきた人の気配に気づいて、私は顔を逆側に向けた。十数メートル先の廊下の端を、ワイシャツ姿のすらりとした長身の男性が急ぎ足で歩いている。

こういった畏《かしこ》まった場所で、ジャケットを着ていないことに少々違和感を抱く。

角を曲がって去っていく、その人の横顔を見てハッとした。

今の人……ここへ来たときにフロントで接客していたスタッフだ。

そこに、和香奈が戻ってきた。

「あ、恵。ここをまっすぐ行って角を右に曲がったらドアがあるんだって。行こう」

私は「うん」と返したあと、なんとなくさっきの男性が去った角を振り返る。すると、絨毯《じゅうたん》の上になにか落ちているのを見つけた。

「どうかした？」

和香奈に尋ねられ、「ちょっとごめんね」と断って、落ちているものを拾いにいく。

近づいてみれば、それはうっすらと折られたメモだった。

私はメモを拾い上げる。

少しめくれば、すぐ中身を確認できてしまいそう。でも、勝手に見ていいのか……。

「恵？　なに？　それ」

「さっき、スタッフの男性が落としていったのかも」

和香奈は私が手にしているメモを覗き込むようにして言う。

「ふうん。メモ？　中身はなんて？」

「えっ。見てもいいもの？」

「興味本位とかじゃなくてさ。落としものだし、確認作業、的な？　どっちみち誰かが確認しなきゃ届けられないんじゃない？」

和香奈の意見を聞き、今一度、手にしているメモに目を落とした。その拍子に、メモ用紙の右下に彼が書いたであろう文字がちらりと見える。

〝須藤《すどう》〟——あの人の名前？　ううん、それよりも。なんてシンプルな美しさ……。癖もほぼなく、バランスも取れている行書に近い楷書。端的に表現するならば、誰にでも読みやすい、伝わりやすい文字。なんだか目を奪われる。

書道界で名を知られた師の下《もと》で働いている私は、日頃から整った文字を目にする機会が多い。

たとえば、その師はひとことで言えば達筆。文字の造形はもちろん、古典の世界に触れ続けてきた教養を感じさせる字で、歴史をなぞったような深みのある筆運びだ。

ほかにも、筆耕《ひっこう》の仕事をしている方など、これまで何人もの先生たちの文字を見てきた。それぞれ素晴らしい字を書かれている。

しかし、この須藤さんの字は人柄が滲み出ている感じがするというか、実直な印象を受ける。……なんて、ただの直感にすぎないのだけど。

「どれどれー？」

和香奈に手元を覗き込まれた拍子に、咄嗟《とっさ》にメモを引っ込めてしまった。

「あっ……えっと、偶然名前の部分だけ見えた。須藤さんって。中身はやっぱり後ろめたい気持ちになりそうだし、やめとこう？」

「そうだね。なら、その人が歩いていった方向にとりあえず行ってみる？　あっち？」

和香奈は私の言葉をあっさりと受け入れ、そう言って歩き出す。

彼が消えていったのはロビー方面。その間、私は彼の容姿を簡単に説明し、和香奈はキョロキョロと探しながら歩いていた。

「誰もいないなあ。どっか部屋に入っちゃったのかな」

そうかもしれない。辺りを見回すと、いくつかドアがあるし。

すると、和香奈はメインの廊下と比べ、少し暗がりになっている廊下にもかかわらず、平然とドアプレートを確認して戻ってきた。

「ね、あの部屋〝PRIVATE ROOM〟って書いてあるよ。あそこに入ったのかも。でもどうする？　さすがに私もあの部屋をノックする勇気はないし……フロント行って渡すのがいいかな？」

「う……ん。だけど、これを人に預けていいものかも判断できかねるよね……」

眉根《まゆね》を寄せて考え込んでいると、和香奈は明るく言い放つ。

「もうちょっとだけこの辺りを往復してみる？　それでも見つからなかったら仕方ないよ。拾った場所を伝えて別の人に預けるってことで。じゃあ私、奥のあの吹き抜けの階段側行ってみるよ」

「うん。なら私はロビーとフロント付近を探してみるね」

そうして私たちは二手に分かれる。

本当はこんな小さなメモ紙程度で、ここまで必死に探し回る必要はないと思う。だけど、なんだか……字を見てから、無性《むしょう》に気になってしまって。

あの男性は、どんな人なのかな——と。

「早退？　めずらしいこともあるものだな」

フロントの脇でメモを握りしめていると、後方から男の人の声がした。

すると、今度はまた別の、もっと低めの声が耳に届く。

「その薄ら笑い、やめてもらっても？」

胸に響くバリトンボイス。

不思議。直接言葉を交わしたことがないのに、この声の主が私の探している人だと感じる。

声のするほうへ、今度は身体ごと振り向いた。フロント横の奥まったドアから出てきたらしいふたりのうち、ひとりは思った通りあの男性だった。

ほんの一瞬、眉間に皺が寄っているのを見て、機嫌が悪いのかな？　などと考える。今しがた聞こえてきた言葉も、素《そ》っ気《け》ない口調に思えたから。

うっかりふたりに視線を注いでいると、もうひとりの男性スタッフが私に気づいた。

「お客様。なにかお困りでしょうか？」

「え、あっ」

メモの落とし主が奥にいるのだから、彼に届けて終わりだ。なのに、探していた人が突然現れた挙げ句、別のスタッフに声をかけられ完全に動揺した。

しどろもどろになり、ますます焦りを滲ませていると、須藤さんと思《おぼ》しき人が私の前までやってくる。

近くで見ると、とても背が高い。百八十センチはありそうだ。それに、鼻も高くて……彫刻像みたいに綺麗な顔立ち。涼しい目元がちょっとだけ近寄りがたさを感じさせる。そう思った、次の瞬間。

「総支配人との写真でしたら、わたくしが撮影いたしますよ」

彼は身に纏《まと》っていたクールな空気を一変させ、にこやかに言って右手を差し出してきた。フロントで見たときと同じ雰囲気だ。数秒前と随分《ずいぶん》印象が変わる。

と、そこで彼の言葉が時間差で頭に入ってきて、首を捻る。

「撮影？」

「あ……失礼しました。てっきり、こちらの天野《あまの》との記念撮影の機会を待っていらっしゃったのかと」

彼はそう言って、奥にいるスタッフにちらりと目を向ける。

確かさっき、『総支配人』って言っていた。それが『天野』さんという名前で、彼の奥に立っている男性がそうなのかも。記念撮影っていうサービスもしてるのかな？　言われてみたら、あの男性も目鼻立ちが整っていて女性にモテそうな顔をしている。

やさしい雰囲気の総支配人と、クールなタイプの須藤さん。ふたりが並ぶと絵になる。

圧倒されていたのも束の間、本来の用事を思い出し、軽く頭を下げる。

「すみません。そうではなくて……実は、あなたを探していて」

「わたくしを、ですか？」

彼は意外だったのか、大きく見開いた目でこちらを見る。

元々初対面の人と話をするのに緊張するタイプの私は、彼ときちんと視線を合わせられないまま、メモを持った両手を突き出した。

「こちらを。その、先ほど落とされたみたいでしたので、お渡ししたくて」

落としものを渡しているだけなのに、胸がドクドク鳴っている。理由は……ひとつではなく、いろいろだ。

心の準備もないまま、突然彼が現れたこと。メモをきっかけに、ますます彼に興味を抱いていたこと。それと、彼は普段の生活の中で私が関わる男性にはいないタイプだろうということ。

こう……仕事としては笑顔を向けてくれても、実際にはまったく別の顔を持っているように感じられた。さっき聞こえてきたふたりの会話の雰囲気から、勝手にそう思っているだけだけれど。

「あ……。これはご親切に。ありがとうございました」

彼は私の手からメモを受け取り、お礼を口にした。

私は空いた手をそっと元に戻し、ゆっくりと彼に目を向ける。

ああ。この人はピシッとした服装がとてもよく似合う。その怜悧《れいり》な目や、オールバックの髪型のせい？　そういえば、今はジャケットを羽織っている。年齢は……私のお世話になっている先生と同じくらいかな。三十代前半くらいに見える。

ふいに視線がぶつかって、我に返った私はさりげなく目線を下げた。

ネクタイもネームプレートも、曲がることなくきちっとしている。書いていた文字も変な癖がなかったし、イメージ通り……あれ？

メモに書かれていた名前を頭に浮かべながら、視界に入っているネームプレートを見て違和感を覚える。

〝Division Director REI SENGOKU〟

センゴク、レイ……？　えっ。この人……須藤さんじゃないの？　でも今、すんなりメモを受け取ってくれたのに。

「あ！　いた！　恵……」

衝撃を受けたのとほぼ同時に、後ろから和香奈に呼びかけられた。和香奈を振り返ると、目をぱちくりさせて私たちを見ている。

「あっ、では。これで失礼いたします」

私は早口で言って深くお辞儀《じぎ》をすると、和香奈を連れてそそくさとその場をあとにした。

心臓がドキドキしている。後ろを振り返りたい気持ちと、そうできない気持ちが半々。もっと見ていたいのに、もしも目が合えばどうしていいかわからない、という思いでさらに鼓動が大きくなっていく。

「無事に落としもの、渡せたんだ？」

自分の異変を必死に隠して、笑顔を作る。

「うん。付き合わせてごめんね」

「そのくらい気にしないでよ。ね、それよりさ。さっきいた、もうひとりの男の人、カメリヤ名物の総支配人だよね」

「名物って？」

歓喜している和香奈を前に、置いてけぼりを食らった気持ちで聞き返す。

和香奈は「え！」と少し驚いた様子で答えた。

「知らない？　若くして有名ホテルの総支配人に就けちゃう、次期ホテル王って」

「そうなんだ。私あまりそういうニュースとか雑誌とか見ないから知らなかった」

「記念撮影を頼めば快く受けてくれるらしいよ。私もさっき勇気出して、お願いしちゃえばよかったかな～」

和香奈が冗談っぽく笑って話す内容に、茫然とする。

「記念撮影……」

さっきの場面を思い返す。

だからあのときセンゴクさんは、撮影しますよ、と声をかけてきたんだ。やっと腑《ふ》に落ちた。

だけど本音を言えば、私はあの総支配人の男性よりも、センゴクさんのほうが――。

「ま、私は結局、花より団子タイプだからね。総支配人よりもケーキかな」

「ふふ。和香奈ったら」

そんな話をしていると、庭園に出られるドアの前までやってきた。

外へ出ると、蒸し暑さを感じる風に乗って緑の香りが届く。

「わあ……広い」

レストランから見えていた庭園の景色がすべてではなかったのだ、と庭園を目の当《まあ》たりにして初めてわかった。

私たちは各々《おのおの》周りの植物を眺めつつ、ゆっくりと足を進めた。

和香奈は敷地を囲っている生け垣に近づき、緑の葉を指で触れながら言う。

「ね。これって椿だよねー。『カメリヤ=椿の庭園』って聞いただけあって、この垣根の規模……すごいわ。花が咲く時期は本当に圧巻だろうね」

私はその葉を覗き込んで答えた。

「椿は冬の花だよね」

「そう。品種によっては秋頃から咲くのもあるけどね」

和香奈はこちらを振り返る。かと思ったら、私のずっと後方に焦点を合わせ、なにかに目を凝《こ》らした。

「あっちのほう……木の下の一面が白いの。なんだろう?」

和香奈の反応につられ、私も身を翻《ひるがえ》す。すると、遠くに確かに白いものが広がっているのが見えた。

その正体を知りたい気持ちが抑えきれず、どちらからともなく歩き始める。庭園の奥にある不思議な景色に夢中になって近づいていくと、足元いっぱいに広がる白色の正体は花だということに気がついた。

「わ……あ」

言葉通り、花の絨毯だ。

「この木の花なんだろうね。それにしてもすごい量だなあ」

和香奈が長い前髪をかき上げ、背の高い木を仰《あお》ぎ見ながらつぶやいた。

私は膝《ひざ》を折り、花をひとつ拾い上げる。

手のひらに収まる直径五、六センチほどの花は、白い花びらをしている。中央のしべは、鮮やかな黄色。それらは椿にそっくりだった。

私はこの花をなにかで見た覚えがあり、記憶をたどる。

「あ。沙羅双樹《さらそうじゅ》……ナツツバキかも」

ピンと来てぽつりと言うと、和香奈は前屈みになる。

「確かに、小さいけど椿に形が似てる。恵、よく知ってるね」

「前に臨書《りんしょ》していたものが平家物語に関わるもので……そのときに、気になって調べたのを思い出したの」

臨書とは、昔の名筆をお手本とし、字を書くこと。

どんな花なのかなと調べた際に、インターネット上で画像を見た。だけど、やっぱり本物は感じ方が違う。小さくて可愛くて、だけどどこか凛《りん》としている。

「綺麗」

思わず、無意識にまたこぼしてしまった。

そのとき、横から足音がして顔を上げた。音がしたほうを見ると、庭園の管理をしているスタッフらしき年配の男性が大きなビニール袋片手にやってきた。おそらく、これからこの落ちたナツツバキの清掃をするのだろう。

そう感じ取ったのは私だけではなかったようで、和香奈はその男性へ話しかける。

「この落ちた花の回収ですか？　この量の片づけなら大変ですよね」

男性は三メートル近くある木を見上げる。

「ええ。この時期は毎日ですかね。この花は一日しか咲かずに落ちるから。このまま放っておくと、木が病気になってしまうんですよ」

「毎日？　わ～、大変ですね」

思わず視線を木々に向けた。ナツツバキの絨毯は、一番遠くの木まで続いている。ざっと十メートルほどといったところだ。

男性が再び歩き出した直後、私は咄嗟に呼び止めた。

「あの、このお花をいただいてもいいでしょうか」

そうして、手のひらに乗せた花ひとつを見せる。

「落ちているものなら。あとは処分するだけなので」

「ありがとうございます」

許可をもらって頭を下げると、今度こそ男性は私たちのもとから離れていった。

和香奈が不思議そうに私の手にある花を見ながら聞いてきた。

「なにに使うの？」

「この花、可愛いし、押し花にでもしようかなって」

「押し花ね。言われてみたら、恵は中学のときやってたよね」

私は笑顔で頷き、ハンカチを広げる。さっき拾ったナツツバキと、ちょうど足元に落ちていた緑の葉とをハンカチの上にそっと置いて眺めた。

透明感のある白い色。さっき食べた白桃のソルベみたい。

指先で撫《な》でて、口元を緩ませる。

この花……なんとなく、あの人に似てる。綺麗な字を書き、清潔感《せいけつかん》があって凛とした佇《たたず》まいのセンゴクさんに。

そうして、ハンカチをやさしく閉じて丁寧にしまったあとは、和香奈と庭園内を堪《たん》能《のう》してから帰路についた。

2. 再会と交流

和香奈とカメリヤに行ってから、数日が経った。

そして今、私は再びカメリヤを訪れている。

あんなに長年焦がれていながらも、なかなか足を運ぼうとしなかったのに、不思議。

空高くそびえ立つ建物を見上げ、心の中でそうしみじみ思った。

ここへやってきたのには、きちんとした理由がある。

以前、テイクアウトした季節限定の杏子と桃のタルト。あの日、それを両親と分け合って食べ、その味に魅了された母が、今度来客があるからこれをお茶請《ちゃう》けに出したいと言ったのだ。

父は有り体《あてい》に言って、よそのホテルを贔屓《ひいき》にしていた節《ふし》がある。けれども、そんな父でさえ、あのタルトをひとくちだけ食べ、その美味しさに唸っていたほどだった。

エントランスを通り、煌びやかなロビーに立った。

今日はいわゆる〝おつかい〟なのだから、レストランへ直行すべきだ。けれども、私はロビーを不自然と思われないギリギリの、ゆったりとした速度で通過していた。

もしかすると、また彼に会えるかもしれない。

淡い期待を抱きながら、不審に思われない程度に周囲を見回して歩く。しかし、彼の姿は見つけられなかった。

ロビーを抜け、レストランまでの廊下を歩きながら肩を落とす。

これほど大きな施設なら、簡単に会えるはずがない。そもそも、今日はお休みかもしれないし。

頭では冷静に言い聞かせるものの、ひと目でも会いたかった気持ちを引きずる。

そうこうしているうちに、数日ぶりのアダージョに到着した。

入り口の窓越しに店内を窺うと、今日も平日だというのに大盛況だ。

「いらっしゃいませ。先日はご来店ありがとうございました」

ふいに声をかけられ、肩を揺らす。横を見ると、以前エスコートしてくれた男性スタッフがにこやかに立っていた。

「あ、こちらこそ……」

あたふたとして言葉を返し、会釈《えしゃく》しながら内心驚嘆《きょうたん》する。

たくさんのゲストを接客しているはずなのに、覚えてくれているなんて。やっぱり、一流ホテルと謳《うた》われているだけにサービスも一流なんだ。

「本日は一名様でしょうか」

「いえ。今日はテイクアウトのみを希望なのですが、可能でしょうか？」

「もちろん可能でございます。ご希望の商品を承ります」

笑顔で尋ねられて、私はショーケースに目線を移した。

「季節限定タルトを四ついただきたいのですが」

言いながら、前回あった場所にタルトが見当たらないことに気がついた。瞬間、嫌な予感を抱く。

「四点ですね。確認してまいります。少々お待ちくださいませ」

スタッフが一度離れていったあとも、端から順にケーキを確認していく。

やっぱり、あのタルトは並んでいない。

そこにさっきの男性が戻ってきた。私の顔を見るなり、丁寧に頭を下げる。

「大変申し訳ございません。ただいま、お持ち帰り分のご用意ができかねまして」

在庫がないんだ。だって美味しかったもんなあ……あのタルト。みずみずしい果物と、甘すぎないカスタードクリーム。それに、サクッとしたタルト生地が軽くて。人気があるのも納得の商品だもの。

ただ、どうしよう。お菓子は必ず必要だから、代わりのものを買って帰らなくちゃ。

あてが外れてしまい焦りを滲ませていたとき、目の前のスタッフが続ける。

「一時間後にまたショーケースに並ぶ予定なのですが……いかがいたしましょうか」

「あ、売り切れではなかったんですね」

安堵《あんど》の笑みをこぼし、腕時計を確認する。

今は十二時過ぎ。ここから世田谷《せたがや》の自宅までは約一時間。タルトの受け取りが遅くても一時半として、お客さんが来るのは三時だから……ギリギリ間に合いそう。

「でしたら、一時間後にまた来ます」

「ありがとうございます。それでは、お取り置きいたしますね。お名前をいただいてもよろしいでしょうか？」

「はい。葉山崎と申します」

私が名乗ると、スタッフはメモパッドを取り出して、サラサラとペンを走らせた。

書が好きな私は、つい彼の文字が気になって見てしまう。

急いで書いたためか、はたまた元々そうなのか、やや右上がりの文字。筆圧がどちらかというと強めで、細身の外見とはちょっと印象が違っていて意外だった。

「葉山崎様ですね。では午後一時以降、お待ちしております」

スタッフの声にハッとし、返事をしてレストランをあとにした。

私は迷わず庭園に足を向ける。

思いがけず時間ができた。この間、茂みの奥にもベンチがいくつか設置されているのを見つけた、穴場っぽいあの場所へ行ってみたい。

夏の陽気に包まれた庭園には、ゲストが多く見受けられる。木陰にいくつも置かれたベンチがほぼ埋まっているほど。

緑いっぱいのガーデンアーチをくぐり、いそいそと歩みを進める。

庭園入り口から中央付近は見晴らしもよくて解放感があるのに対し、あのガーデンアーチを境にこちら側はちょっと隠れ家的な雰囲気になっている。

記憶を辿って目的の場所を探し歩く。数分うろうろしたのちに、人がひとり通れるくらいの隙間《すきま》を見つけた。

ここだと確信し、生け垣の隙間に身体を入れてそろりと様子を窺う。

やっぱり誰もいない。ここまで散歩に来る人はそういないのだろう。ここまで来る道は、ほかの場所と比べて葉が生い茂っていたし狭くなっているから。

仮にこの辺りまでたどり着いたとしても、カメリヤを利用するゲストは身なりも気を使って来る分、汚れるリスクを負ってまで……と足が止まるのではと予想する。

現に前回来たとき、この場所を見つけたものの、和香奈も奥まで入りはしなかった。

誰もいないのを確認した私は、木陰の下のベンチを選び、腰を下ろす。それから空を仰ぐと、陰を作ってくれている木の枝の隙間から、眩《まぶ》しいお日様の光が見えて目を細めた。

秘密基地みたいな、そんな空間に自然と笑みがこぼれる。ここは都会なのに、まるで自然の真ん中にいる気分。

すうっと息を吸い、深呼吸をしたあとになにげなく足元を見た。すると、ベンチの下の光るものに目が留まる。

なにに光が反射しているんだろう？　細長いゴールドの、部品かなにか？　ううん、待って。これってまさか……ネームプレート？　見覚えのある形をしているし、クリップとピンがついた仕様になっている。

クリップ部分を摘まんで拾い上げる。表側が見えるようにプレートを返した。その直後、思わず声をあげてしまう。

「えっ」

それは紛れもなくセンゴクさんのものだった。

どうしてこんな場所に……。どうしてと考えたところで、彼がここへやってきたとしか思えない。

別におかしなことでもないのかもしれない。彼はここカメリヤのスタッフだから、庭園に来ることもあるのだろう。

ただ、なぜこんな偶然が続くの？　二度もセンゴクさんの落としものを拾ってしまうなんて。

名づけようのない胸の高鳴りを感じつつ、ネームプレートをそっと手のひらに閉じ込めた。


「あ、葉山崎様」

庭園からホテル館内に戻り、レストランの前を横切った際に声をかけられた。

足を止めて振り向くと、さっき対応してくれた男性スタッフがニコリと笑っている。

「お待たせして申し訳ありませんでした。今、ご用意が整いました」

「えっ、あ……」

どうしよう。約束の時間までまだ十五分くらいあったから、先にセンゴクさんを探して、それからレストランにタルトを取りに行こうと思っていたんだけど……。

スタッフの笑顔を前にすると、断れなくてそのまま中へ移動する。

「ただいま商品をお持ちいたします。こちらでお待ちくださいませ」

彼は一礼して去っていく。案内された椅子に腰をかけ、考える。

そうだ。今日は早く帰らないといけないから、ゆっくりセンゴクさんを探している時間もない。フロントに……あ。さっきのスタッフに彼の居場所を聞いてもいいかも。

「葉山崎様、お待たせいたしました」

名前を呼ばれてレジカウンターに向かい、支払いを済ませている間、尋ねるタイミングを計る。スタッフがレシートを渡したのち、タルトの入った紙袋を手に取ろうと背を向けたとき、思いきって話しかけた。

「あの。こちらにセンゴクさんという方がいらっしゃるかと思うのですが……」

「わたくしになにかご用ですか？」

私の質問に対する返答が、なぜか後ろから聞こえてきて勢いよく振り返る。

そこにはダークネイビーのスーツがよく似合う、センゴクさんが確かにいた。お互いに顔を合わせた瞬間、私だけでなく彼もまた同様に目を大きく見開く。

先に冷静になったのは、センゴクさんだった。彼は上品に微笑を浮かべ、軽く頭を下げる。

「先日はご迷惑をおかけいたしました。本日はどのようなご用件でわたくしをお探しだったのでしょう」

完璧な接客態度の彼を前にして、ふと頭を過《よぎ》る。

ほかのスタッフやゲストに聞かれる可能性もある場所で、安易に『ネームプレートを落としてましたよ』と伝えて渡すのは……どうなのかな。

ネームプレートは大切なものだろうし、公《おおやけ》にしないほうがいい気がする。まして、彼は役職についていたはず。マネージャー……？　じゃなくて、ディレクターだったかな。とにかく、部長とかそういう感じかもしれない。

言い淀んでいると、彼は私が困っているのを察し、柔らかく目尻を下げた。

「ああ。商品をお買い上げいただいたのですね。ありがとうございます。では、そちらは途中までわたくしがお持ちいたします。ご用件はここを出たあと伺いますので」

視野を広げると、レストランスタッフがレジカウンターを出てこちら側までやってきていた。センゴクさんは私に代わり紙袋を受け取り、レストランを出た。

「このあとは、もうお帰りに？」

「はい」

「でしたらエントランスまでお送りいたします」

当然のことながら、なにか特別な対応をしているわけではなく、これがカメリヤの一般的な接客なのだろう。ほかのお店でもときどき見受けられる、『お出口までお持ちいたします』というサービスだ。でも、一般的なショップと違って、出口まで距離が長いだけに徐々に申し訳ない気持ちが募っていく。

私が用件を早く言えばいいんだよね。

ロビー手前の廊下で周囲を見渡して、ほかのスタッフがいないのを確認すると、思いきって切り出した。

「すみません。先ほど、あなたを探していた理由なのですが」

彼は振り返り、きょとんとしてこちらを見た。

私は一歩彼に近づき、バッグに入れていたネームプレートを手に取る。そして、さりげなく差し出した。

すると、初めは首を傾《かし》げていた彼も、それを見て切れ長の目を大きくした。

「これは」

「ついさっき、庭園で見つけました」

周りに人はいないものの、念には念を、小声で伝える。

彼はネームプレートを受け取って、名前を確認する。そして、間違いなく自分のものと判断したのか、スッと内ポケットにしまった。

「周囲のスタッフに知れると心証がよくないのでは、とお気遣《きづか》いくださったのですね。

ありがとうございます」

お手本のような美しいお辞儀に恐縮しつつ、彼はやっぱり見た目の印象通りとても頭が切れるのだなと思った。

私がレストランで伝えず、ここで打ち明けた理由を瞬時に察したのだもの。

姿勢を戻す彼を見上げたときに、胸元のネームプレートに気がついた。

「あ……予備をお持ちだったんですね。ひとりで勝手に焦ってしまいました」

「スペアは確かにありましたが、これを上の者に拾われていたら……大変でしたよ」

彼は軽めの冗談を交えながら、再度頭を下げた。

そんな彼のネームプレートを見つめ、ぽつりと尋ねる。

「センゴクレイさんというお名前は、どのような漢字をお書きになるのでしょうか」

難しい読みではないと思う。それゆえ、どういう漢字なのか気になっていた。

もちろん、誰かれ構わず気になるわけではない。彼だから知りたいと思った。

とはいえ、衝動的に聞いてしまったため、居《い》た堪《たま》れなくなって謝罪する。

「す、すみません。不躾《ぶしつけ》に——」

「名字は千の石です。レイは、りっしんべんに」

「令月《れいげつ》の〝令〟ですか？　では、『心が美しい』と書くのですね。とてもぴったりなお名前だと思います」

りっしんべんは、〝心〟という文字から転じたといわれている。さらに、〝令〟は古典の中で『よい』『美しい』といった意味合いで使用されている。

つまり、彼の名は美しい心と書く〝怜《れい》〟の文字。

実は、すでにいくつかの組み合わせの想像はしていた。その中でも、彼っぽい漢字は……と考えていた〝怜〟だったとわかり、思わず興奮して言葉を遮ってしまった。

慌《あわ》てて口を噤《つぐ》むと、正面から「ふっ」と短い笑い声が聞こえてきた。

「これまで、ほかの理由で『名のイメージ通りの人間だ』と言われたことはありますが……そういった理由を挙げられた経験はなかったので驚きました」

眉根をわずかに寄せ、軽く握った手で口元を押さえて笑う。そんな千石《せんごく》さんに目を奪われ、まるで時が止まったような錯覚に陥った。

さっきまで何度も笑顔を見せてくれていた。だけど、今の笑顔は多分仕事とは違う。

彼に見入っていたら、ぱちっと目が合って反射的に視線を逸《そ》らしてしまった。動揺に気づかれないよう、懸命《けんめい》に会話を続ける。

「ほ、ほかの理由とは？」

「一応、仕事では常に厳しく指導する立場でもありますので。冷淡な印象を与えがちなようです」

すでに彼は元の表情に戻り、気品のある笑みをたたえている。

「でも、千石さんの筆跡《ひっせき》は、冷たいというよりも凛としている印象です」

しどろもどろになりながら、自分なりにフォローしたくてそう言った。冷静になって考えたら、筆跡ですべてがわかるわけでもないのにと思われそうだ。

なによりも、あのとき届けたメモを覗き見たと告白したも同然。それこそ、彼の中で私の心証が悪くなるに違いない。

心なしか、ジッと見られている気がする。そう思い始めると気持ちが落ち着かなくて、咄嗟に自分の名刺を取り出した。

「あの、ちなみに私はこういう名前です」

勝手に気まずい空気を感じ、結果、厚かましくも自分の名刺を押しつけた。

名刺を差し出してすぐ後悔し、今からでも手を引っ込めようかと何度も迷った。

小刻みに震える指先に気づかれそうで、懸命に手に力を込めて堪《こら》える。逃げ出したいと思った矢先、名刺が手から離れていった。彼が受け取ってくれたのだ。

「葉山崎恵、さん」

まさか千石さんに名前を呼ばれるとは思わず、背筋が伸びる。

「は、はい！　め、めずらしい名字と言われます。漢字自体はどれも難しいものではないんですけれど」

なにも言われていないのに、またついペラペラといらぬ情報を並べてしまう。

千石さんはまじまじと私の名刺を見て、口を開く。

「これは、ご自分の筆跡で作られたのですか？」

私の名刺は、自分の書いた文字をそのまま使用するデザインで作成している。

私の師をはじめ、ほかの有名な書道家の方々もそのように作る人が多い。私も、恐れ多さ半分、憧れ半分で同様の名刺を作成したのだ。

「そうなんです。一応、書の仕事に携《たずさ》わっているのもありまして」

説明し始めたタイミングで、バッグの中のスマートフォンが鳴った。「すみません」とひとこと断ってロック画面を見ると、母からだった。

そうだ。うっかり連絡し忘れていた。帰宅が予定よりかなり遅れているから、心配しているんだ。

慌てて肝心のタルトを探す。千石さんが持ってくれていたことを思い出し、頭を下げた。

「すみません。ずっと持っていただいて。ここで大丈夫です。ありがとうございます」

そう伝えて両手を差し出すと、千石さんは丁寧に持ち手を渡してくれた。

タルトを受け取り、改めて彼と向き合う。

「えっと……また来ます」

彼にとっては一ゲストの言葉として受け取るだろう。だけど、私は『また来ます』のひとことを伝えるのに、とてもドキドキしていた。

「ええ。お待ちしております、葉山崎様」

千石さんは薄い唇に弧を描き、粛々《しゅくしゅく》とお辞儀をした。

私もまた深く頭を下げてから、その場をあとにする。エントランスを抜け、駅に向かって歩きながら胸に手を当てた。

鼓動が速い。それに顔も熱い。これは、夏のせいじゃないってわかっている。

望みは薄いと思って訪れたけれど、会えた。しかも、あんなに話ができるなんて思いもしなかった。

軽い足取りで生け垣沿いを歩きながら、美しい口調と所作《しょさ》で見送ってくれた彼の姿を思い浮かべる。

完璧な人。けれど、あのとき一瞬、素《す》に近い表情を見た。

彼の名前について話した場面を振り返る。そして、にやけそうになって懸命に唇を引き結んだ。

職場以外での千石さんはどんなふうに話して、どんな表情をするんだろう。

会えて話せた喜びも束の間、私の興味は次々と湧き続けた。


朝起きて、着替えや食事を済ませたあとのルーティンは書写をすること。

お手本を見ながら書き写す作業が好き。集中力も高まり、気持ちも落ち着くから。

今日は水曜日で、仕事は休み。特に予定もない休日は、ついつい書写に没頭する。

八畳ある自室で字と向き合っていると、階下から母に呼ばれた。

「恵～、ちょっといいかしら？」

筆を置き、部屋を出て階段へ向かう。階段下では母がこちらを見上げていた。

「どうしたの？」

ひとこと尋ね、階段を下っていく。

「今、美也子《みやこ》おばさんから電話が来ているのだけど」

母の手には通話中のスマートフォン。『美也子おばさん』とは、私にとって叔母にあたる女性のこと。父の弟の奥さんだ。ちなみに叔父もまた、葉山崎グループである都内のクリニックの院長をしている。

母のこちらに向ける視線は、『直接話してもらってもいい？』と確認しているのだと察し、頷いた。

すると、母は目の前でスピーカーホンに切り替える。

「もしもし、叔母様？　恵です」

『あ、恵ちゃん？　おはよう。突然ごめんなさいね』

「ううん。私にご用ですか？」

叔母と私の関係は、客観的にみても良好なほうだと思っている。元々父たち兄弟の仲がいいから、というのもあるかもしれない。そのため、特に緊張もなく話せる。

『さっき、今日恵ちゃんはお休みだって聞いて。ぜひお願いしたいことがあるの』

「お願い？」

思わずスマートフォンの前で首を傾げる。

『もし予定がないのだったら、うちのマロンを病院に連れていってもらえないかしら？』

『マロン』とは、叔母の家の愛犬だ。黒と白、そして黄褐色のタンが少し混じったトライカラーのコーギー。三歳の女の子でとても賢いワンちゃんだ。生後数か月の頃から何度も関わっていたから、私にとっても我が子のように可愛い。

そのマロンが病院へと聞いて、悪い想像をし眉を顰《ひそ》める。

『あ。病気というわけじゃないのよ。予防注射なの。私の予定と病院の都合がなかなか合わなくて、やっと取れた予約だったのに。うちのおじさんから、お客様が来ることになったから私も同席してくれと急に連絡が入って』

理由を聞き、ほっとする。

「マロンちゃん、恵にすごく懐《なつ》いているしね」

そこに母もにっこり顔で言う。

「私でいいなら」

『ありがとう！　病院はうちから近いところだから、ここへ十一時くらいまでに来てくれたら十分間に合うわ。タクシー使っていいからね』

時刻を確認すると、現在九時半。タクシーを使わなくても電車で間に合いそう。

「大丈夫よ。十一時前に着くようにするね。じゃあ、またあとで」

そう言って私は母にアイコンタクトをして、階段を上る。

自分の部屋に入ったら、さっきまで使用していた筆を手早く片づける。それから、クローゼットを開け、動きやすい服を手に取った。

約束通り、六本木《ろっぽんぎ》付近にある叔父の家に十一時になる前に到着した。

叔母からはお詫びとお礼にと言って、お小遣いを渡された。

半分は私がマロンに会いたくて来たのだからいらないよ、と断ったものの、叔母は気が済まないようだったのでありがたく受け取ることにした。

叔母から自宅の鍵も預かり、マロンを連れて出発し、病院まで散歩がてら歩く。

病院の情報はスマートフォンに送ってもらった。私は地図アプリで場所を把握し、病院を目指した。目的地までは大体二十～三十分だ。

マロンのかかりつけの病院へはもちろん初めて行くけれど、私自身、動物病院は初めてではない。昔、うちでも猫を飼っていたから。

軽快に歩いていくマロンを見て笑いかける。

「マロンとこうして歩くの、久々だね」

マロンは軽快な足取りで私を先導するように歩いていく。

二十分後、目的地に到着した。叔母に聞いていた動物病院の前で一度足を止め〝須藤動物病院〟という看板を見て、ふと千石さんのことを思い出した。

「〝須藤〟だって。ふふ。本当の名前は違ったのよね」

膝を折って、思わずマロンに語る。

「仕事中の顔はすごく礼儀正しくて紳士なんだよ。もちろんその姿も素敵だけど、普段はどういう雰囲気なのかなって……すごく気になるの」

口に出すと、より自分の気持ちが明確になる。

大層な理由なんかない。ただ知りたい。そして、そう考えているこの時間が無性に楽しいのだから不思議。

私の話を聞いてくれていたマロンは、自らショルダータイプのキャリーバッグに入ろうとする。賢い子だなあと感心しつつ、キャリーバッグのファスナーを開けた。

院内で受付を終え、待合室で呼ばれるのを待つ。

椅子に座ってぼんやりと辺りを眺めているうち、初めはそれなりに人がいたのに次々と診察・会計を終わらせて帰っていき、待合室は閑散《かんさん》としていった。

マロンは午前最後の予約だったのかな。私たちのあとに来る人は誰もいない。

そのとき、玄関からひとり院内にやってきた気配を感じる。なにげなく視線を向けたら、すらりとしたスタイルのいい男性が目に入った。

シンプルな白いポロシャツとテーパードの黒チノパン。そして、丸みを帯びたフレームのサングラスをかけている。

男性がサングラスに手を添え、スッと外した瞬間、思わず声をあげる。

「えっ」

その拍子に、彼はこちらを向いた。ぱちっと目が合い、数秒固まる。

間違いなく千石さんだ。下ろした髪型とサングラスで初めはわからなかったけれど、顔が確認できた今、疑いの余地はない。

こぢんまりとした待合室で声を出すと同時に思わず椅子から立ち上がった私は、受付のスタッフに驚いた顔をされた。

気まずさに首を竦《すく》めていると、彼のほうから声をかけてきた。

「こんにちは。こんな場所でお会いするなんて奇遇ですね」

一般的な挨拶《あいさつ》と、営業スマイル。着ている服や髪型が違っていても、千石さんは言葉や表情、仕草が美しい。

予期せぬ遭遇に舞い上がり、直立姿勢で答える。

「は……はい！　本当に」

「葉山崎さーん」

そのタイミングで診察室から呼び出しがかかり、わたわたとしてマロンを抱える。

彼に会釈をして、診察室へ向かった。

嘘《うそ》みたいな展開。ここへ来たとき彼のことを考えていたら、本当に会えてしまった。

外でマロンに話しかけていた自分の言葉を思い出す。そうしたら、ふと気づいた。

もしかして――メモしていた〝須藤〟って、この病院の名前だったんじゃ……？

無事にマロンの予防接種が終わって待合室に戻ると、千石さんは看護師さんと会話をしながら、そのまま診察室へ入っていった。

せっかく会えたっていっても、ここは病院だし悠長《ゆうちょう》に雑談する余裕もないよね。顔を見られただけで幸運だったと思わなくちゃ。

その後、千石さんの姿を見ぬまま会計を終え、院外へ出た。

七月に入ってから今日まで、毎年のことながら厳しい暑さが続いている。建物内では涼しくて快適だった反動で、戸外がより暑く感じられてしまう。

キャリーバッグの中のマロンは、注射で疲れたのかさっきみたいな元気はない。

「注射のあとは安静にって、お医者さんも言ってたもんね。ゆっくりしてて。早くお家まで連れていくからね」

と、言ったものの……。叔母から預かったキャリーバッグは肩にかけるショルダータイプで、キャスターがついたものではない。マロンの体重は約九キロ。抱えることはできても、さすがに家まで歩いて帰るのはなかなか大変だ。

来るときは散歩しつつだったから、帰りのことまで考えが至らなかった。きっと叔母はいつも車で来院しているから、この仕様で十分なんだろう。

これはタクシーが最善かなあ。だけど、ペット同伴だと、どのタクシーでも乗せてくれるわけではないはず。

「んー、一回病院に戻って受付の人にタクシー手配してもらったほうが確実かな」

キャリーバッグにそっと手を添え、今しがた出てきた病院へまた戻ろうとした。身体ごと後ろを振り返ると同時に、人がいるのに気づいて声をあげる。

「きゃっ」

「っと、失礼」

反射で瞑《つむ》った目を開くと、相手は千石さんで二重に驚く。

「千石さん！　すみませんでした。急に振り返ってしまって」

「いえ。なにかお忘れものでも？」

私が慌てて振り返ったのを見て疑問に思ったのだろう。サングラスを片手で外し、不思議そうな目を向けた。

私は苦笑いを浮かべ、事情を説明する。

「あ……タクシーを呼んでもらおうかなと思い立って。来るときは散歩がてら歩いて来たんです。うっかり帰りの手段を考えていなくて」

間抜けな印象を与えてしまったと思うと、ますますまともに目を合わせられない。

「なるほど。ご自宅はどちらです？　あ、差《さ》し支《つか》えなければですが」

千石さんはサングラスをポロシャツの胸ポケットに入れ、尋ねてきた。

「え……？　ええと、六本木駅の近くです」

質問にパッと答えられなかったのは、今、向かう先が自宅ではなかったため。

実際、細かな住所は覚えていないから、ざっくりした回答になってしまった。

すると、彼はパンツのポケットから車のキーを取り出し、リモコンを操作した。病院の駐車場からピピッと音がすると同時に言う。

「近いですね。では、お送りしますよ」

音がした方向を見れば、駐車場に止まっている車は一台だけ。しかも、とても高そうな車に見えて、咄嗟に恐縮した。

「いえ、それは申し訳ないので……」

「落としものを二度も届けてくださったお礼です。それに、先ほど受付はもう閉められていましたし、その子も早く暑さから逃れたいでしょう。どうぞ遠慮なさらず」

彼は流れるように、私が頷く理由を並べてくれる。おそらくそういう自然な気遣いも、仕事上慣れているのかもしれない。

私は肩にかかる重みと、キャリーバッグの中のマロンを覗き見て、心を決める。

「では、お言葉に甘えさせていただきます。本当にありがとうございます」

そうして、マロンが入ったキャリーバッグを抱え、千石さんの先導で車まで向かう。

彼の車はくすんだブルーのシックなデザインで、彼の雰囲気にぴったりだと思った。

千石さんが運転席後ろのドアを開け、シートにキャリーケースを固定する。彼のキャリーケースは、プラスチック製のクレートタイプだ。シートベルトを装着できる仕様になっているみたい。

斜め後ろからその様子を眺めている際、キャリーケースの中の仔猫が見えた。

生後二、三か月ほどだろうか。真っ白な毛で、瞳は多分……薄いグリーン。とても愛らしい。

「その子と離れるのが不安なら、狭いですが一緒に後部座席へどうぞ」

仔猫に見入っていると、彼はキャリーケースにタオルを被《かぶ》せながらそう言った。

「あ、はい。では後ろに失礼します」

マロンと一緒に逆側のドアから後部座席へ乗り込む。私は中央に腰を据え、シートベルトを装着した。

運転席に座り、エンジンをかける千石さんへ、おずおずと話しかける。

「千石さんは、猫ちゃんを飼ってらっしゃるんですね。可愛い猫《コ》ですね」

「……これは仕方なく」

え……？　仕方なく？

予想外の反応に戸惑《とまど》う。

私、勝手に彼の人柄を想像し、疑いもなく『まっすぐな人だ』と信じ込んでいた。

しかし、そうとは限らない。むしろ、まだ数えるほどしか言葉を交わしていない相手なのだから、想像と違う部分があって当然だ。

不用意に信頼しすぎていると気づくも、すでに彼の車の中。

動揺を押し込めて、懸命に冷静になれと自分に言い聞かせる。

「それはどういった事情で……？　その、差し障りがなければ、なのですが」

千石さんは、右手をハンドルにかけたまま動かない。

掘り下げるべきではなかったと後悔しかけた直後、彼はルームミラー越しに答える。

「親猫とはぐれたのか、迷い込んできたところを俺が見つけてしまっただけだから」

瞬間、胸が大きな音を立てた。

今……なんかこれまでと違和感が……。あ、敬語じゃなかったから？　そして、自分のことを『俺』と呼んでいたせいだ。

私にとっては衝撃的なことで驚きを隠せない。しかし、どうやら彼自身は気づいていないのが特に変化はなく、さらにぼそりとこぼす。

「不運だとしか思えない」

ため息交じりの発言に、言葉にならないショックを受ける。

ふいに右隣の仔猫のキャリーケースに目を移す。

本来の千石さんは、この仔猫との出会いを『不運だ』って、そういう言い方をする人なのかな……。これがオフのときの彼なの……？

ということは、物腰の柔らかい姿はあくまで仕事上のもので、本当は淡白な思考の持ち主だったり……。

一方的に期待して、本当の彼を知って勝手に落胆《らくたん》するのは失礼だ。千石さんは決してなにも悪くない。そう頭でわかっていても、心が沈んでしまう。

すると、千石さんがナビゲーションシステムに手を伸ばしながら質問する。

「では、葉山崎様。住所を教えていただいても？」

「あっ、そ、そうですよね。ええと、少しお待ちくだ……あっ」

スマートフォンを探す拍子に、仔猫が入ったキャリーケースに被せていたタオルがずれ落ちそうになった。整えるためタオルに触れたとき、キャリーケースの中を見て気がつく。

移動中に怪我をしないようにタオルで身体を覆《おお》ってあげて、水分補給もできるように水を入れたマグも用意されている。このキャリーケースだって、汚れも傷もない。新品だ。よくよく考えたらこのタオルも、きっと仔猫が少しでも安心できるようにとかけてあげているんじゃないかな。

それらに気づくと、後部座席のサンシェードも全部、彼のやさしさに思えた。

だとするなら、彼の言葉の真意って――。

「さっき言っていた『不運』とは、〝この猫ちゃんが〟ということですか？」

勇気を出して問いかけた。

彼はこちらを一度振り返り、顔を前に戻してからひとつ息を吐く。

「これまで密に動物と触れ合ったことがない人間に保護されたんです。逆の立場で考えれば、わたくしなら間違いなくそう思うので」

単調な口調ではあるものの、初めに感じたような不安は一切抱かせなかった。

やっぱり、拾いたくなかったのに仕方なく、という意味合いではなかった。むしろ逆で、自分に拾われた仔猫が可哀想という意味だったなんて。

『書は人なり』という。あの日のメモに書かれていた文字に、一瞬で心を奪われたのは紛れもない事実。

そのときの自分の直感は間違いではないとわかって、うれしくなる。

同時に、何事もこうしてちゃんと自分の目でしっかりと相手と向き合って、本質を見極めなければならないのだと痛感する。

「そんなことないと思いますよ。慣れているかどうかより、大事に思う気持ちが重要な気がします」

私は綺麗にタオルをかけながらそう返した。それから、叔母の住所を検索する。

「ええと、お待たせしてすみません。住所が……」

ふと、前方から視線を感じる気がして、スマートフォンの画面から視線を上げる。

千石さんがジッとこちらを見ているのに気づき、どぎまぎした。

「どちらかに立ち寄られるんですか？　住所に馴染《なじ》みがないみたいですが」

千石さんは、初めて出会ったときからすごく察しがいい人だなと感じていた。これは、果たして職業的なもので身についたのか、はたまた元々そういう特技を持った人なのか。とにかく、こちらが一を言えば十理解してくれる人だから、つい彼の察しのよさに甘えてしまいそう。

「実はこの子はうちの子じゃなくて。親戚のお願いで、今日は私が連れてきたんです」

千石さんはマロンを見て、「左様《さよう》でしたか」と納得した様子だった。そして、ほんの一瞬、柔らかく目を細める。

私に向けたものではない。マロンに向けた笑顔だったのはわかっているのに、胸がドキドキする。

千石さんが前を向き直そうとしたのを見て、思わず「あの」と口を開く。呼びかけられた彼は、当然こちらを振り返った。

いざ面と向かってとなると、思ったことを口に出すのを躊躇《ちゅうちょ》する。けれども、膝の上で握る手に力を込め、本心を口にした。

「今は私、ゲストではありませんし、千石さんもスタッフではないので、もう少し気を楽に接してくださっても。というか、そのほうが……」

〝うれしい〟――。さすがにそこまで言ってしまうと、警戒されるに違いない。だから、寸前で思いとどまり言葉を濁す。

「私も……緊張しちゃいますし」

嘘。彼の口調が敬語だろうが、ため口だろうが、どちらにせよ緊張する。

ただ、ひとりごとみたいにつぶやいていたフランクな話し方を、もっと聞きたい。

期待と緊張が大きくなる中、千石さんの返答を待つ。彼は少し困った表情ののち、苦笑交じりに名前を呼んだ。

「じゃあ……葉山崎さん。住所がわかったら教えてもらえる？」

そんな些細《ささい》な変化で、心臓を鷲掴《わしづか》みされる感覚に襲われる。

「は、はい！」

どうにか平静を装い住所を伝え終えると、彼は胸ポケットのサングラスを再び装着し、車をゆっくり発進させた。

道中、目的地付近になったら道案内をする程度で、私たちの間に会話というほどの会話はなかった。なのに私はいつまでも緊張が解れず、ずっと速い鼓動を感じていた。

千石さんは到着まで終始安全運転だった。仔猫やマロンに気遣ってくれていたのかもしれない。

家の敷地内に車を停めてもらい、シートベルトに手をかけた瞬間、スマートフォンらしき振動音が微《かす》かに聞こえてきた。

千石さんがポケットからスマートフォンを取り、ひとこと断る。

「失礼。少しいいかな」

「もちろんです。どうぞ、お構いなく」

私が手のひらを差し出す動作で答えると、彼は通話を始めた。

「千石です。はい。ええ、そうです」

他人がいる中で会話するのは気になるかも……。とはいえ、独断で先に車から降りるのもどうだろう。

置かれている状況が難しいシチュエーションで、どうしたらいいか決めかねた私は、マロンと仔猫とを交互にあやして間を持たせた。

「やはり難しいですか……わかりました。ひとまず検討させていただきます。連絡いただき、ありがとうございました」

千石さんは、なにやら微妙な反応をして通話を切る。スマートフォンに目を落とし、「ふう」とため息をついた。おそらく無意識に出たため息だ。

どうしても気になって、おずおずと声をかける。

「あの……?」

「ああ、すまない。そいつのシッターの件でね。いきなり週五から六日でフルは空きがなかったようだ」

『そいつ』と言いながら視線を送った先は、仔猫だった。

今の着信は、ペットシッターの会社からだったんだ。

「午後の休憩《きゅうけい》時間に自宅へ十分くらいは戻ってこられるが、それまでの間、不在の時間が長すぎる気がして」

「え……と、ご家族は？」

「ひとり暮らしだし、実家も忙しくて無理だろうな。そもそも母が猫アレルギーでね」

「そうですか……」

ペットを飼うのには覚悟がいる。ペットを家族の一員として、生活スタイルをその子に合わせていかなきゃならない。

「保護団体やそのほかにも引き取ってもらえそうなら、そっちのほうが安心だと連絡はした。だが……まあ、それもなかなかすぐってわけにはいかないらしい」

彼の言葉は、私に話しかけているというよりは、これまでの状況のおさらいで、自分での再確認で口にしていた気がした。

千石さんも不安や焦りがあって、溜め込んでいた気持ちを一気に吐露《とろ》したのかも。

そう解釈しているときに、決定打のようなつぶやきが耳に届く。

「考えが甘かったな」

苦笑する千石さんの横顔を見て、私は黙っていられずに思わず口を開いた。

「この猫ちゃんは、生後何か月ですか？」

「今日、獣医師が大体二か月半くらいと言っていた」

「うーん。確か、そのくらいだと短時間のお留守番はできるかな？　あ、でもつい最近一緒に生活し始めたなら、まだおうちに慣れていないですもんね……」

今度は私がペラペラと話し出すものだから、千石さんは驚いた顔をしてみせた。

私は慌てて取り繕《つくろ》う。

「あ、すみません。私、学生の頃、猫を飼っていたんです。だから」

彼は口元に片手を添え、神妙《しんみょう》な声音で言う。

「そう。経験者の葉山崎さん的にも、やっぱりひとりで留守番はまだ難しい、と」

「あと二か月もすれば、もうちょっと長い時間のお留守番も、できるようにはなっていくと思いますけど……。やっぱり小さいうちや慣れないうちは、なるべくついていてあげたほうが安心ではありますよね」

「そうか」

動物の子どもは、成長が早い。あっという間に大人になる。しかし、たった数か月とはいえ、幼年期のお世話は大変だ。

そういう現実問題を知っているけれど……。千石さんに『不運だ』なんて、もう言わせたくない。だって、きっと千石さんは『面倒だ』とか『拾わなければよかった』とか思ってはいない。ただ、このコを守ってあげたい一心《いっしん》で保護してくれたはず。

「帰り際にこちらの事情に巻き込んで悪かっ……」

「ごめんなさい！　お節介を承知でお話しします！」

迷いに迷った挙げ句、勢いで発言する。

「シッターさんが足りないときだけでも、私が様子を見に伺いましょうか？」

予想通り、千石さんは呆気《あっけ》に取られて固まっている。私だって、そういう反応をされることはわかっていた。

膝の上で握る手に力を込め、勇気を出して続ける。

「私、以前お渡しした名刺の通り、書道家として仕事をしております。今の仕事は、午後からがほとんどです」

つまり、出勤前の数時間でよければ訪問できる。

「猫ちゃんは日中ほとんど寝ていますが、仔猫だと急な体調の変化なども心配ですし」

どういう状況でひとりになってしまったかわからないし、環境が変わっちゃうと身体に影響が出ないとも限らないから……。

「たとえば千石さんが朝に出社されたあと、お昼前に私が一度様子を見て、休憩中に来られそうでしたら、午後に一度千石さんがご帰宅する、という感じで。数週間だけでもそうすれば安心じゃないでしょうか」

そこまで流暢に説明を繰り広げたものの、最後には言葉が尻すぼみになる。

決して下心などない、純粋な善意で申し出た。けれど、話をしている最中から、逆の立場になれば警戒するだろうと気づき、自信を失った。

「すみません。やはり出過ぎた真似でした……」

肩を窄め、頭を垂れる。

単に仔猫を育てる大変さを知っているから、力になりたかった。だけど、私と千石さんはそんな親しい関係ではない。距離感を読めない人間だと幻滅《げんめつ》されたに違いない。

「ありがたい話だが、それは少し度が過ぎたお願いになるだろう」

彼の立場からすれば、そう思って当然だ。

私は顔を上げ、懸命に笑って答える。

「私は……大丈夫です。でもよくよく考えたら、シッターさんのほうが安心でしょうし。希望に適《かな》うところが見つかるといいですね。……ね?」

最後はキャリーケースの網越しに、仔猫に話しかける。そのコはこちらを見て、高く可愛らしい声で「ニー」と鳴いた。

姿も声も、本当に可愛い。自然と目尻が下がる。

名残惜しい気持ちを押し込めて、深々とお辞儀をする。

「変なことを言ってすみません。送ってくださり、本当にありがとうございました」

「ああ、待って。今ドアを開ける」

「いえ。降りられますので、どうぞそのままで。ご自宅まで、どうかお気をつけて」

再び運転席から降りようとした彼を制止し、先に車を降りる。それからマロンのキャリーバッグを肩にかけ、やさしくドアを閉めた。

窓越しにお互い軽く会釈を交わし、すぐに車は動き始める。目の前の道路を走り出し、遠くの角を曲がるまで見送った。

私はじりじりとした陽射しを肌で感じる中、いまだにその場から動けずにいる。

「線引きされちゃった。それはそうだよね」

さっき失敗した件を思い出しては居た堪れない気持ちを抑えきれず、マロンに話しかける。

「きちんとした人だよね。本当、イメージのままだった」

きっぱりと断られても、私の中の彼の印象はいいままだなんて。

思いがけない幸運に巡り合ったのに、自分のせいで台無しにしてしまった。

私はとぼとぼとした足取りで、マロンと一緒に家の中へ入ったのだった。


あの日から、約十日が経った。

今日は土曜日。書道教室のある日だ。

緑の多い、閑静《かんせい》な住宅街。その中にひっそりと佇む古民家が、私の職場。

仕事は週に四日から五日ほど。そのうち書道教室のある日は、社会人の生徒さんが終業後にやってきたりもするため、遅いときで午後九時頃まで残ることもある。

ほかにも事務仕事の日や、不定期で海外旅行者向けの体験教室を開催する日もあり、アシスタントといえども結構忙しく過ごしている。

約百坪の敷地をぐるりと囲む塀に沿って、玄関へ向かう。年季の入った欅《けやき》の門扉《もんぴ》に手を添え、ゆっくり押し開けた。飛び石を辿るようにして玄関先にたどり着いたら、インターホンを一度だけ鳴らす。

『どうぞ』

私が返答する前に、インターホンは切れてしまった。

ここは篁彩人《たかむらあやと》書道教室。

両引き戸の玄関は施錠されておらず、私は片側の戸だけを開けた。カララ、と耳に心地いい引き戸の音を聞き、玄関の三和土《たたき》へと歩みを進める。

この玄関の戸も、さっきの門扉もふた昔くらい前のもの。それにもかかわらず、綺麗に整えられ渋い音も立てずにいるのは、きちんとメンテナンスをされているからだと思う。

四畳はありそうな横に広い玄関は、整然とスリッパが並べられている。靴を脱いで揃《そろ》えると、端のスリッパに足を通して廊下へと向かった。目指すは一番奥の間。

こういった古民家は涼しくて、今の時期の暑い日には多少過ごしやすい。

庭先が望める十数メートルの長い廊下を歩き、大広間にたどり着く。まるで修学旅行の大部屋というくらい奥行きのある部屋には、和装の男性が姿勢よく正座をして半紙と向き合っていた。

筆を持つ手や、墨を含むまでの丁寧な動き。なによりも、まっさらな半紙の上を滑らかに踊る筆先は、いつも見ていて時間を忘れてしまう。先生の書は完成した文字だけでなく、経過がまた素晴らしい。

この方は私が『先生』と呼び慕う、ここの講師で経営者の篁楓《かえで》さんだ。

先生は筆を置き、立ち上がると足元の半紙二枚をジッと見ていた。

「こんにちは」

私が声をかけると、視線はそのままで聞かれる。

「恵ちゃん。さっそくだけど、どれがいいだろう」

私は一度会釈をしてから座敷に足を踏み入れる。先生の近くへ行くと、膝を折った。

墨の匂いは気持ちが整う。

今日もまたそんなふうに感じたのちに、先生が書いた文字と向き合った。

右側は〝理李衣〟。左側は〝莉々衣〟。

「今度〝Lily《リリィ》〟という女性が体験に来る予定でね。名前をどのように表そうかと少々悩んでいるんだ」

先生は、今度は顎《あご》に片手を添えて説明した。

先生が『悩んでいる』と言うのは、海外旅行者の人たちにそれぞれ書いてもらう漢字の名前だ。

そのままの英語表記はもちろん、カタカナで署名をしてもいいのだけれど、ほとんどの旅行者が『せっかく日本で書道をしたのだから漢字で』と希望する。そのため、私たちはなるべく綺麗な印象で、かつ書きやすそうな文字を事前に選んでおく。

体験教室の参加者たちが喜んでくれる顔を想像しながら。

「〝莉〟は、ジャスミンの意味もある。ちょうど〝Lily〟という名前も……百合だし、いい香りの花という繋がりで〝莉々衣〟がいいかな？」

先生の意見に、私は深く頷く。

「はい。とてもいいと思います」

先生は、縁側に射し込む木漏れ日のような、柔らかな表情を浮かべた。

彼は国内最大といわれる書の展覧会にて最年少で賞を獲《と》り、その後、当時所属していた書道団体の幹部に弱冠《じゃっかん》二十歳という若さで就任した経歴を持つ。現在三十三歳で、三十歳のとき副理事にまでなっていたものの、一昨年独立すると同時に書道教室を開いた。

当時は知らなかったけれど、先生は当時、会派のしがらみを断ち純粋に自分の書と向き合いたかったと言っていた。

〝篁彩人〟――。書の世界に携わる者はもちろん、国内外問わず美術に興味があれば、その雅号《がごう》を知らない人はいないのではないかと私は思っている。

私と先生との出会いは、約十年前。中学校入学に合わせ、私がそれまでとは別の書道教室に通い始めた際に初めて出会った。

時は流れ、大学四年生になった私は、篁先生の下で書道を続けていた。その二年前には師範資格を取得している。

とはいえ、自分で教室を開く予定はなく、資格も単に先生に勧められて取っただけにすぎない。

だって、将来は〝家庭に入ること〟がほぼ決まっている気がしていたから。

しかしそれをきっかけに、先生は私に『大学卒業後、アシスタントをしてくれないか』と誘ってきたのだ。

熟考の結果、私は内定をもらっていた企業に陳謝して辞退を申し入れ、先生のアシスタントになると決めた。

傍《はた》から見れば、不安定な職を選ぶもの好き、とでも思われているかもしれない。けれど、私は九歳から続けているほど書道が好きで、一般企業に就職する安定性よりも、書道に関わる仕事に就ける喜びを優先した。

おかげで日々楽しく充実しているし、実家暮らしの私にはお給料も十分足りている。

私は静かに立ち上がり、バッグを手にして『事務所』と呼んでいる隣室に移動する。

それから荷物を定位置に置き、髪をひとつに結った。

書道教室のアシスタントと聞けば、生徒さんへの指導補佐くらいしか想像できないかもしれないが、その実いろいろな作業がある。

教室運営に関わる事務処理や、備品の管理。それと、先生は教室だけではなく外でも仕事をしているため、仕事の依頼受付や打ち合わせなどのスケジュール調整など。ある種、秘書にも似た仕事かもしれない。

いつもの席に腰を下ろし、ノートパソコンを開いてメールチェックを始めようとした際に、後方の棚から電子音が鳴った。

「あっ。ごめんなさい。マナーモードにするのを忘れて……」

「電話なら、出ても構わないよ。恵ちゃん、いつもかなり早く来るから教室の準備も余裕で間に合うでしょう」

私は「すみません」と会釈をし、慌ててバッグの中のスマートフォンを確認する。

知らない番号……？　携帯番号だし、書道関連の相手からかな。

内心首を捻りつつ、事務所を出て玄関のほうへ移動しながら通話ボタンに触れた。

「もしもし？」

『葉山崎さんのお電話でしょうか』

堂々としながらも丁寧な声音に、一瞬で引き込まれる。

「はい。失礼ですが、どちら様で……？」

相手側はこちらの名前をわかっている。だけど、電話口の声では相手が誰だかわからない。男性ということしか……。

『千石です』

瞬間、思考が止まった。同時に縁側の半分を過ぎた辺りで足も止まる。

私はしばらく固まり、その後、ひと声漏らすのが精いっぱい。

「せ……っ？」

嘘……。あの千石さん？　どうして私の番号を……。あ。名刺を渡したんだった！

『今、少しお話しする時間は……？』

「は、はい。大丈夫です」

まるで大御所《おおごしょ》の先生にお会いしたかのごとく、手も背中もピシッとまっすぐにして返事をする。

ついさっきまで、時間だけでなく心にも余裕を持って準備に取りかかろうとしていたのに。今や余裕なんてこれっぽっちもない。

緊張と高揚感で手のひらや頬が熱い。

従順に直立姿勢で静かに千石さんの話を待つ。すると、彼はどこか歯切れの悪い雰囲気で口を開いた。

『あー、その……先日、提案してくれた件……まだ、話は生きてるだろうか』
ふいうちの電話に驚くあまり、思考が鈍っている。
提案って、なんだったっけ？
必死に考えを巡らせ、この間会った際の出来事を思い出した。
きっと、私が千石さんの仔猫の世話をしましょうか、と声をかけた件だ。
「もっ、もちろんです」
前のめりになって返答をすると、千石さんは一拍置いて丁寧な声色で言う。
『力を貸してほしい』
彼の気まずさの混じった真摯《しんし》な声に、胸が高鳴っていく。
縁側に射し込むお日様の光は、これまで見たことないくらいに眩しく輝いていた。

3. 次の約束

千石さんから電話が来たのが昨日のこと。

不在時の仔猫のお世話は、数回ペットシッターにお願いしてみたけれど、いろいろあって結局依頼するのを一時中止したと聞いた。

その理由はペットシッターに依頼するようになってから、仔猫がゴハンをほとんど食べなくなってしまったかららしい。

動物病院に電話で問い合わせたら、新しい環境下で見知らぬ人の出入りが多くなり、ストレスが溜まったのが原因かもと言われたのだとか。

その代わりで声をかけられたのが私。ペットシッターでだめだったのに、私で大丈夫なのかという不安は電話ですぐに伝えた。

すると、千石さんは『多分大丈夫』と言って、詳細は今日という話になったのだ。

今日は、私はお休みで千石さんは出勤時間がやや遅い日らしく、午前中に伺う約束をした。

港区《みなとく》にある、超高層マンション――いわゆるタワマンが千石さんの自宅。

うちもそれなりに広い家に住んでいると思っているけれど、マンションというだけでなんだかスタイリッシュでキラキラして見える。

黒を基調としたデザインは、なんだか彼にぴったりのクールな大人という雰囲気。

さながらどこかのラグジュアリーホテルみたいなエントランスだった。

さらに、一戸建て住まいの私には馴染みがない、マンション専用コンシェルジュも常駐していて、ますます煌びやかな世界を感じた。

高級感溢《あふ》れる廊下やエレベーターを経て、千石さんの家の玄関前に立った。

インターホンを鳴らすと、数秒後に目の前のドアが開く。

「どうぞ」

「おはようございます。お邪魔します」

深く頭を下げて、玄関の中へ入る。

隅には磨かれた革靴が一足。このあと仕事へ行く際に履《は》く靴なのだろう。

「適当に座って。コーヒー？　紅茶？」

リビングに通されてすぐに聞かれた。

私はリビングの広さに内心驚きつつ、軽く首を横に振る。

「いえ、時間もないでしょうしお構いなく」

「それくらいの時間はあるから。どっち？」

キッチンにいる千石さんに即答されて、おずおずと答える。

「じゃあ……紅茶をお願いします」

すると、彼は「ん」とひとことだけ返したあと、無言になった。

『適当に座って』と声をかけられたものの、すんなりと座れるはずもなく、リビングの端でそのまま立ってリビングを見渡した。

マンション共用部とは違い、室内は白を基調とした造り。大理石っぽい模様の床材も白とグレーで明るく感じられる。

そして、外の景色が見渡せる左右上下いっぱいに広がった窓。なによりもオシャレなのは、その窓際全体が緩やかにカーブを描いていること。普通、部屋は四角に設計されるのに曲線を採用している辺りがめずらしい。

窓際の左側にはリビング入り口からちょうど死角になる場所があり、そちらに視線を送りながら尋ねる。

「猫ちゃん、その後どうですか？　ゴハン食べられたみたいですか？」

すると、千石さんがカップを手にキッチンから出てきて言う。

「まあ、昨夜は少し」

「そうですか。少しずつでも……よかったです」

仔猫に触れたい気持ちをグッと堪え、遠くから眺めるだけにとどめる。

「ああ……悪い。砂糖はうちにないんだった」

「大丈夫です。わざわざ、ありがとうございます」

千石さんはダイニングテーブルに紅茶を置き、再びキッチンに戻った。

普段の千石さんは、どうやらそこまで口数は多くない人みたい。カメリヤの一ゲストとして接されるときと、かなり印象が違う。バリアを張っているみたいな……他人が近寄りがたいオーラを出している気がする。仕事中と比べて笑顔もごくわずかだし、笑顔を見せても結局それもまた取り繕ったものにも思える。

だけど、不思議と苦手意識は生まれずに、私は興味深く彼を目で追ってしまう。

誰にでもオンとオフはあるし、冷たい人ではないと思っているから。

「〝しち〟は、あまり気にすると出てこない。これまでの統計的に」

彼は自分のカップを持って戻ってくると、そう言ってダイニングチェアに腰をかけた。私もぺこりと軽く会釈をして、向かい側に座る。

「あの、〝しち〟って……もしかして、あのコのお名前ですか？」

「そう」

言葉少なに返され、掘り下げていいものか迷ったものの、どうしても由来が気になってさらに尋ねる。

「なにか意味合いがあるお名前なんですか？　純粋に気になってしまって」

千石さんはテーブルに置いていたカップを取り、優雅にコーヒーを口へ運んだ。

「あいつの頭のてっぺんに薄いグレーの模様がある。それが数字の〝7〟に見える」

「あ、数字の〝しち〟なんですね。じゃあ、〝なな〟ちゃんと迷ったんじゃないですか？」

くすっと笑いながら聞き返すと、彼は無言でまたコーヒーを飲む。

正面の席に着いた千石さんをジッと見つめる。彼は静かにカップを戻すと、切れ長の目をこちらに向けた。

「性別が男だったから迷いはしなかった」

「えっ。あ、なるほど。男の子なんですね」

きちんと性別を踏まえて名前を考えてつけた、そのときの千石さんの光景を勝手に想像して和《なご》んでしまった。

「君が提案してくれたこと、一度は断ったのにやっぱり頼みたいだなんて、虫のいいことを言ってすまない。だけど引き受けてくれて本当に助かった。感謝している」

ひとり面映《おもは》ゆい気持ちで紅茶の水色《すいしょく》を眺めていたら、改まってお礼を言われる。

「私も猫ちゃんが好きなので。うれしいです。ただ、懐いてくれるかは不安ですが」

ストレスが原因で食欲不振になっているかもと聞いたら、迂闊《うかつ》な声かけを控えて、なるべく空気になるよう徹していたほうがいいよね。

視界の隅で仔猫を捉え、さっそく今後の接し方を心に留め置く。

千石さんもまた、さりげなく仔猫を見つつ、話を続けた。

「なんとなく、猫というのは警戒心が強い生きものとは思っていたが、食生活にまで影響を及ぼすほどとは想定外でね。まあ、誰が相手だって初めから慣れるわけがないのは承知しているけど」

「こればかりは……。人間と同じで、動物たちもそれぞれ性格や相性がありますから」

私は再び後方のキャットタワーをちらりと振り返った。

今日、ここへやってきて素晴らしいマンションに驚いたが、一番びっくりしたのは、仔猫のためのものが買い揃えられていたことだった。

トイレはもちろん、一メートルほどの低めのキャットタワーや、ラグ、ベッド、自動給水機。

多分、迎え入れて間もないはず。なのに、ここまで用意してるって、全然不運なコじゃないと思う。

「相性……ねえ」

「すみません、知ったふうなことを」

けれど、今回のペットシッターの件は、裏を返せば、仔猫は千石さんとふたりのときはゴハンを受け入れていたという意味だ。あのコと千石さんは、それこそ相性は悪くないはず。

そう考えていたとき、千石さんがぽつりとこぼす。

「そこいくと、君とあいつの相性はよさそうだと以前なんとなく思ったから」

「そうですか……？　だけど、私はプロではないですし、いろんなリスクもお考えでしたでしょう。よくお願いされる気になりましたね」

ほとんど素性《すじょう》も知らない相手に依頼するには、勇気がいるに決まっている。自宅に招き入れるのだから、なおさら。

「……まあ、それもなんとなく、な」

私は自分を信用してくれたきっかけが明確にわからず、首を傾げる。

千石さんは、キャットタワーにあるハンモックで丸まっている仔猫を眺め、話を続けた。

「あいつ。病院の看護師やシッターから、あと一か月くらいしたら餌はドライタイプに切り替えていっていいと聞いた。そうしたら、自動給餌機をうまく利用すれば留守番も時間を長くしていけるものらしい」

「そうですね」

『あいつ』って呼び方は、あまり好きではなくて普段なら引っかかるところ。なのに、千石さんが仔猫を指す『あいつ』は、いつもみたいな拒否反応はない。

その答えは千石さんを見ればわかる。彼が仔猫を見守る目の奥は、とてもやさしい。呼び方が『あいつ』でも、愛情を含んでいるからか、傲慢《ごうまん》さや冷徹さを感じない。

「つまり、あと約一か月間。その期間だけ、協力してもらえたら安心だし助かる」

「はい。元々こちらから提案した話ですので、お気になさらず」

笑顔で答えると、千石さんは見惚れるほど綺麗なお辞儀を返してきた。

「ところで……。あのコのこと、『しーちゃん』って呼んでもいいですか？　『しちちゃん』だとスムーズに言葉が出てこなそうで」

私のお願いに、千石さんは初めきょとんとした。それから、軽く瞼《まぶた》を伏せて淡々と返す。

「別に。なんでも、好きなように」

私は許可を得てほっとし、さらに会話を投げかける。

「あの、しーちゃんとの出会いはごく最近だったんですよね？　この近所で見つけたんですか？」

すると、千石さんは腕を組み、しーちゃんを眺めた。

「休憩が終わる直前だった。なんの知識もないうえに時間もなくて大変さ」

彼の説明に、私は思わず目を見開いた。

「え……前に『迷い込んできた』……って、もしかしてカメリヤだったんですか？」

「庭園の隅にな。だからといって、ホテル内で飼うわけにはいかないから」

しーちゃんは、カメリヤのあの庭園に迷い込んできたコだったんだ。

「仕事に戻る直前にそういう場合の対処法を調べたら、とにかく温かくして病院へ連れていけって出てきて。その場にはタオルもなにもないから、とりあえず俺のスーツを貸してやった。そのあとは、急遽《きゅうきょ》病院へ行くのに仕事の時間を調整してもらって」

「スーツを!?」

「さっき時間がなかったって話をしただろ？　持っているもので包んでやれるものはそれくらいしか思いつかなかっただけだ。で、ネームプレートをなくしたってオチ」

次々と驚きの事実を並べられて言葉が追いつかなかった。

私が拾ったネームプレートに、そんな事情があったなんて。

千石さんって、普段の言動は一瞬引っかかるところがあるけれど、本当はすごく紳士的な人だ。

私が感心していると、千石さんはすらりとした指を口元に添え、言った。

「さて。話を戻そうか。一か月間お願いするとなれば、あとは謝礼だな。一か月で交通費を含め十万くらいならどうだ？」

「え！　十万って。受け取れません」

信じられない数字を挙げられ、度肝を抜かれた。

そもそもお金欲しさに手を挙げたわけではない。ボランティア精神で……もっと言えば、猫や犬が好きという気持ちの延長で声をかけただけなのだから。

しかし、千石さんは渋い顔で首を横に振る。

「それは聞き入れられない。無償《むしょう》で頼める内容ではない」

「プロでもないのに無理ですよ。ボランティアだと受け止めてください」

こちらの言い分を聞いている間も、彼は眉間に皺を作り、不服そうな表情を浮かべている。

そういう厳しい顔つきで腕を組んでジッと見つめられたら、ちょっと背中を丸めて委縮《いしゅく》してしまう。でも、この件は折れるわけにはいかない。

「でしたら、こういうのはどうですか？　今度、カメリヤのスイーツをごちそうしてくださいませんか？」

笑顔で提案するも、彼の仏頂面《ぶっちょうづら》は変わらない。むしろ、ますます眉間の皺が深くなっている気さえする。

「その程度でいいと？」

「『その程度』なんかじゃないですよ。カメリヤのプロのパティシエさんが丹精《たんせい》込めて作ってくださっている最高のスイーツです」

私の返答に、千石さんはばつが悪そうな顔をした。

「ああ……いや。そういうつもりで言ったわけではなかったんだが」

もちろん伝わっている。彼が職場のパティシエを卑下して言ったのではないということくらいは。

「では、契約成立ですね」

笑顔で押し切った。千石さんも渋々ながら同意してくれて、一件落着。

その後、月内までの訪問する日と必要事項を細々確認し、残りの紅茶をいただいてからマンションをあとにした。

外に出て足を止め、空に向かってそびえ立つマンションを見上げる。

「明日から……か」

明日、またここへ来る。それが仔猫のお世話のためなのはわかっていても、自然と心が弾むのを感じながら帰路についた。


翌日。約束通り、お昼頃までしーちゃんと過ごすべく、千石さんのマンションへ向かっている。今日は十二時過ぎまで様子を見て、仕事へ行く予定だ。

彼のマンションから教室までは、そこまで遠くはない。ちなみに、千石さんの職場であるカメリヤは、車ですぐらしい。

千石さんは、今朝はすでに出社して留守だと昨日のうちに聞いている。そのため、コンシェルジュを通して千石さんの家のカードキーを借りた。帰るときには、またフロントに返却すればいいらしい。コンシェルジュは馴染みのないものだったけれど、こういうときに助かるのだなと学んだ。

玄関を開け、「お邪魔します」と小声でつぶやく。靴を脱ぎ、そーっとリビングに入ると、昨日と変わらない整然とした空間に感嘆の息が漏れた。

千石さんは、普段から綺麗好きっぽい。部屋だけでなく玄関もキッチンも整えられているし、スーツもネクタイも靴もきちんとしているもの。

余計なものがない空間は、仔猫に危険を及ぼすものも特段見当たらない。これなら心配なさそう。

荷物をダイニングチェアに置くと同時に、テーブルの上に目が留まった。

一枚のメモ紙に書き置きがある。

【朝六時半　食べた量は半量】

結果のみ記載されている業務連絡的なメモ。私はそのメモを手に取り、しげしげと見た。

やっぱり、惹かれる字。しなやかでまっすぐな線。そして、誰にでも読みやすい綺麗な形。時折、線が流れるように繋がって、軽やかにペン先が転がる様が浮かぶ。

文字の形やバランスを考えて書かれている部分に、基本に忠実かつ繊細《せんさい》な性分が垣《かい》間見《まみ》える気がした。

マンションを出たのは、正午過ぎ。

その足で職場へ向かい、いつも通り教室の準備や事務仕事を始める。

パソコンの前に座っていると、ふいに先生の手が伸びてきた。

「恵ちゃん、服に糸くずが……あれ？　糸じゃないかも」

肩に軽く触れた先生の手を見れば、白く細いものを摘まんでいる。

すぐにピンと来て頭を下げる。

「あ。多分猫の毛かも。すみません」

「猫？　しばらくペットはいなかったよね。新しい子を飼ったのかい？」

昔からお世話になっているだけに、先生は私について大抵のことを知っている。もちろん、過去に猫を飼っていたことも。

「いえ。これは知り合いの猫ちゃんです。ちょっとご縁があって」

しーちゃんと千石さんを思い出すと、自然と笑みがこぼれる。

「ふうん。あ、そうだ。縁といえば、来月書道家が集まるパーティーがあるらしい。僕の古い友人が開催者で、昨日偶然会って誘われたんだ。確認したら、その日は休みだったし恵ちゃんも一緒に行かない？」

顔を覗き込まれながら誘われ、どぎまぎする。

「私もですか？」

先生は笑顔で頷く。

「誰か誘い合わせて参加してもいいと友人が言っていたし、多く人が集まるらしいから、恵ちゃんの人脈も広がって刺激ももらえるかなと思うんだけど」

パーティーという名の社交界は、幸か不幸かよく参加する機会はあった。といっても、書道界に関わるものではなく、葉山崎家のほうの繋がりで。

病院経営をしているとそういった社交の場が多く、同席せざるを得ない場合のみ参加していた。

元々人前に出るタイプではないし、一度に大勢の人へ挨拶して回るのは心身ともに疲れる。だから、必要最低限でしか同行しないのだ。

けれど、今回の話は先生がよかれと思って私に声をかけてくれたもの。無下《むげ》にするのは失礼だし、なにより誰のためでもなく自分のためになる場なら、苦手であっても行くべきだよね。

すると、頭にポンと手を置かれる。

「というのを名目に掲げつつ、美味しい料理をたらふく食べるとしよう」

迷っていた私を和ませるための言葉に、自然と笑い声が出る。

「ふふ。それは名案ですね」

保守的なままだと、なにも変わらないよね。ここでのアシスタントは楽しいけれど、私は私ができる仕事を探して広げていきたい。

せめて、仕事を続けていられる間くらいは――。

ふいに、千石さんが頭に浮かぶ。

しーちゃんのお世話だって、私が勇気を出して一歩踏み込んだからできていること。

仕事以外の千石さんを知れたのも同じこと。病院で偶然会っただけで終わらせていたら、〝今日〟は来なかったのだから。

自分の服に白い毛がついているのを見つけ、指で摘まんで強くそう思う。

「会場はどちらなんですか？」

質問を投げかけた途端、先生がニッと意味深な笑みを浮かべた。

「スノウ・カメリヤ東京だよ。あそこはサービスも料理も一級品だ」

カメリヤ……！

その名を聞き、思いを馳せるのは当然彼のこと。

私はどうしても私情を抑えられず、仕事という名目を差し置き、千石さんにまた会えるかもしれない期待を抱いた。

「どうする？」

先生の声で現実に引き戻され、気持ちを引きしめ直す。

「はい。ありがたく同行させていただきます」

粛々と誘いを受け、お辞儀をした。

「うん。じゃあ、当日は自宅まで迎えに行くよ。パーティーは午後一時半からと言っていたから、十二時四十分頃に」

「えっ。そんなわざわざ」

ここから私の家までは車でそう遠くはないけど、ひと手間かかるのは事実だ。

「こういうのは送迎までエスコートするのが礼儀だ。僕がしたくてすることでもあるし、遠慮しないで。それに高速までの通り道でもあるから」

「ですが……あっ」

ハッと気づく。

しーちゃんのお世話があるかもしれない。来週には八月になる。まだ八月の予定を聞いていないから、その日はどうなるかはっきりとわからない。

「どうかした？」

先生はきょとんとした顔で私を見ている。

いろいろと考えた結果、やっぱり最後は仔猫を大切にしたい気持ちが残った。

「あの、お迎えは大丈夫です。もしかしたら、午前中にちょっと予定が入るかもしれなくて。ですので、出先からまっすぐ会場へ向かいます」

もしもその日、千石さんが休暇になったなら、自宅から自分でカメリヤへ向かえばいい話。仮に仕事だったなら、午前中に千石さんのマンションへ出向いて、そこからパーティーの時間に間に合うように行こう。

「そうなの。それってどこら辺になる予定なの？」

話を掘り下げられ、内心困った。質問の流れから、善意で迎えに来ようとしてくれているのに薄々気づいたから、というのもある。

動揺した頭で慌てて考え、口を開く。

「ろ、六本木辺りです」

苦し紛れに伝えた場所は、叔父の家の最寄り駅。咄嗟に叔父の家が頭に浮かんだわけは、そこなら千石さんのマンションから地下鉄で数分だと思い出したからだ。

だって、正直に千石さんのマンションの場所を伝えるのは憚《はばか》られる。人様の個人情報を私の一存《いちぞん》で伝えられない。

すると、先生はにっこりと笑う。

「そう。じゃ、六本木で拾っていくよ。そこも通り道だから」

「えっ」

思いのほか、先生の意志が強くてたじろいだ。

なんだかこれ以上遠慮したところで、結果は同じになりそう。

厚意を断り続けるのも気が引けて、結局私は受け入れることにし、頭を下げた。

「じゃあ……そのときは、よろしくお願いします」

急遽決まったパーティーの予定に加え、待ち合わせ場所がややこしいことになってしまった。どうしよう。どうか、その日はつつがなく過ぎますように。

心の中でひとり祈って、そわそわした気持ちで仕事に戻った。


そうして迎えたパーティー当日は、うっすら雲のかかった微妙な天気。

パーティーとなると服装で悩みがちだった私は、大学時代からは大抵着物を選ぶようになった。高校生の頃から着付けを習っていて、その頃にはマスターしていたというのが大きい。今では着付けはもちろん、着物姿で過ごすのも苦にならない。

自宅で着替えを終えた私は、最後にバッグの中身を確認した。

昨日使っていたバッグから、読みかけの本を出す。表紙からパラパラとめくれば、途中でピタッと動きが止まった。

そのページの間には、ナツツバキのしおりと千石さんが残していった新しいメモ。

本の間からメモを抜き取り、上へ掲げて仰ぎ見る。

千石さんは、律儀《りちぎ》に毎回メモを残してくれていた。私はそれを密かにうれしく思い、こうしてすべて持ち帰ってきている。

千石さんとは、あれから直接顔を合わせてはいない。そもそも、彼が不在のときこそ私が出向くわけだから、会えるタイミングがなくて当然なのだ。

自宅への出入りを許可されても、キーはコンシェルジュを通して借りているし、伝言も必要事項のみのメモだけ。電話番号を知っていても、電話やメッセージのやりとりはない。それでも、この些細な繋がりが、今の充実した気分の正体だと思う。

カメリヤに行くって、結局千石さんへ伝えなかった。しーちゃんが関わらない事柄は、彼にとって無意味だろうと考えて。

おもむろに指でメモの文字をなぞる。

欲を言えば、もう少し彼について知りたい。普段はどんなことに興味があって、なにが好きで、どういう瞬間に笑ってくれるのかなって。

誰かに対して、こういう思いを抱くのは初めて。だけど、きっとこの感情のまま彼を追いかければ、千石さんは仔猫みたいに警戒して隠れてしまいそうだ。

「……猫っぽい人」

想像してはぽつりとつぶやき、思わずひとりで小さく笑った。

掴みどころのない雰囲気は、まさに気まぐれな猫のよう。

こちらに気を許してくれたとき、どんな表情を見せてくれるんだろう。

そうして本を閉じ、デスクに残して家を出た。

外は厚い雲で、強い陽射しを遮られている分、肌に直接感じるじりじりとした暑さは軽減されている。

まず目指すのは千石さんの家だ。

彼のマンションに出入りするようになってから、早いことにもう三週間が過ぎた。

彼が不在の家にお邪魔し、ゴハンをあげる。そして、遠くから気づかれないように寝ているときも様子を見守った。

しーちゃんは初めの頃と比べ、だいぶ身体も大きくなってきたし、千石さんの部屋にも慣れてきたと感じる。

千石さんも、私には一か月くらいのお世話をと依頼してきていたから、もうすぐここへ来ることもなくなる。当然、彼との繋がりも……。完全に断たれるわけではなくとも、日々わずかに感じられていた彼の存在感が日常生活から消え去ってしまうのだろう。そのくらい、細い糸で繋がっている程度の関係性だ。

それでも、直接顔を見ていなくても声を聞いていなくても、この期間の中で千石さんという人を感じ取ってきた。

日に日にリビングやキッチンに増えていく、猫グッズ。ゴハンも試行錯誤を繰り返した形跡があって、とても可愛がっているのが目に浮かぶ。

私の役目はなにひとつ変わらないのに欠かさず書き残してくれる情報は、私への配慮というよりも、しーちゃんに対する愛情だと思っている。

お気に入りのベッドで、小さく丸まって目を閉じているしーちゃんを眺める。

私はあなたを撫でさせてもらえるくらいになるまで、ここにいられない。……でも。

「千石さんには、いっぱい撫でてもらえるね」

小さくつぶやき、その光景を想像して笑みがこぼれた。

思いのほか時間がギリギリになってしまった。待ち合わせ場所の駅に到着したのは約束した時間の五分前。

私は呼吸を整えながら、先生の迎えを待つ。

カメリヤで千石さんに会えたりして。会えなくとも、姿をちらっと見る可能性はなくもない。そんなふうに、ほんの少しの期待を胸にしてしまう自分がいる。

そのとき、目の前に車が一台停まる。日傘を閉じて一歩車に近づくと、運転席から
スーツ姿の先生が降りてきた。

「こんにちは。お迎えをありがとうございます」

挨拶をすると、先生にしげしげと見られているのに気づく。

「久々に見たな。恵ちゃんの着物姿」

「はい、今日は。書道家の方々が集まる場なら着物がいいかなと」

今日、私は薄黄蘗《うすきはだ》色をした絽《ろ》の訪問着を着てきた。髪も自分でアップにしてセット
し、パーティー仕様。

先生は目尻を下げ、ストレートに口にする。

「とてもよく似合ってる。可愛いよ」

先生が言う『可愛い』は、年下の女の子に対する……言ってみれば、小さな子に声
をかけるものと同じ類《たぐい》のものだろう。

「ありがとうございます。先生も、洋装姿よくお似合いです」

「はは。照れるな。ありがとう」

そうして、先生の車でカメリヤへ移動する。

定刻よりもやや早く到着したものの、二階の会場前ではたくさんのソファや椅子と

ウェイティングバーが用意されていたので、時間を持て余すことはなかった。男性スタッフからドリンクを受け取り、ソファで先生と談笑していたら、まもなく開場して、私たちはバンケットルームに足を踏み入れた。

会場内には、百人近く人が集まり、思いのほか大規模で圧倒される。

父に連れられて参加するのとは心持ちが違うせいか、想像以上に緊張する。

「恵ちゃん、行こうか」

茫然としていたら先生がエスコートしてくれて、どうにかほかの先生方と挨拶を交わすことができた。でも、慣れはしないから、立食スタイルで並んでいる軽食すら、ゆっくり味わうどころか見る余裕もない。

顔見知りの人もちらほらいる中、初めてお会いする人がほとんど。私のためを思って同行させてくれた先生の計《はか》らいを無駄にしないようにと、つい肩肘を張って名刺交換をした。

私と同じ二十代の書道家さんたちは、それぞれ個性を活かした仕事や活動をしている。商業用のロゴを書いたり、書道パフォーマンスの指導をしていたり。今はインターネットの普及で、そういう活躍も簡単に目に入るから、ときどき自分を比べて不安になる。

「あの、先生。まだご挨拶する方がいらっしゃいますよね？　私がいると時間がかかりますし、私も少しあちらで休憩しようかと思うのですが」

「ああ、うん。ちょっと休んでおいで。連続で挨拶回りして疲れただろう？」

私は先生に「ありがとうございます」とお辞儀をして、静かに会場を出た。

廊下にも何人か関係者らしき人たちの姿があったので、なんとなく会釈して通り過ぎた。

会場前はホールになっていて広い。そこを通過して、廊下を進んでいく。

今日、千石さんはここへ来ているはず。ただ、何時からとかどこにいるかとかは、皆目《かいもく》見当もつかない。

さりげなく辺りを気にしながら、数十メートル先まで歩いた。

当然、彼の姿はなく、小さく息を吐く。

端にある階段ホールには三、四メートル四方の窓がある。

こっちの方角は庭園側だったはず。

そう思って階段ホールまで向かい、隅に立って窓の外を覗き込んだ。

角度的に庭園の端しか見えない場所だ。あの秘密基地っぽいベンチはここからじゃ見えない。

私は気配を消すかのように、窓際にひっそりと佇む。

「取材が押している？」

ふいに階下から声が聞こえてきた。荒らげた声ではなく、冷静な声色。

間違いない。折り返し階段で姿は見えないけれど、今の声は確かに彼のもの。

そうとわかれば、いけないことと思いつつも階下を覗き見してしまう。

階段の登り口を数段上がったところで呼び止められたみたい。千石さんは、こちらに背を向け、ひとりの男性スタッフと向かい合って話をしている。

「はい。撮影が盛り上がっているようで……先ほど立ち会ったところ雰囲気はいいので、広告もいいものができそうですが」

男性スタッフが気まずそうにそう説明すると、千石さんはバッサリと切り返す。

「時間をかければ大抵なんでもできる。プロは決められた時間内で……限られた時間でハイクオリティのものを制作する。時間は有限だ。そうだろう？　一度許せばそれが普通になってしまう」

「で、ですが」

「それをコントロールするのが、広報室マネージャーである君の仕事だろ。もっとしっかりしろ」

千石さんは、軽快に言葉を返す。

ただそれは、相手にとっては耳の痛い内容でもあったに違いない。しかしながら、千石さんは間違った発言をしているわけでもなさそうだとも感じる。

すると、部下らしき男性スタッフは、きびきびと答えた。

「今から再度調整してきます！」

仕事では常に厳しく指導する立場で、冷淡な印象を与えがち――。

そう自身について説明していた千石さんの言葉が、今ようやく理解できた。

手すり越しに彼を見下ろして動向を窺っていると、彼は立ち去ったスタッフを見送り、私のいる二階へ足を向けた。

このままここで立っていれば、間違いなく気づかれる。

千石さんはどんな顔をするのかな。外で会うときの少しクールな感じか、それともゲストに対する完璧な笑顔を向けるのか。

今では仕事中以外の彼と交流があるだけに、なんだかドキドキする。

一段ずつ近づいてくる千石さんを目で追う。

ゲストへの笑顔ではなく、オフの自然体な雰囲気で接してほしい。ほかの人へも向ける仕事用の表情じゃなく、私個人を見てくれる瞬間のほうが何倍もうれしい。

そんなふうに思っているうちに、彼が踊り場まで到達し、こちらに身体を向けた。

瞬間、ぱちっと目が合う。

千石さんの反応はというと……一瞬、仮面が外れたのがわかった。私がいることに驚いて、うっかり素になったんだな、というのが見て取れた。

その反応に喜びを感じ、胸が高鳴り出す。

「せ――」

「恵ちゃん。見つけた」

千石さんへ呼びかけるのよりもわずかに先に、背後から呼ばれた。驚いて振り返ると、そこにいたのは先生だ。

「随分遠くで休んでたんだね。込み入った話もできるように、気遣って僕から離れてくれたんだろう？　待たせてごめん」

「いえ、お気になさらず……」

先生へ返答しながらも、私の意識は千石さんにある。

廊下にも階段にも厚みのあるカーペットが敷かれているから、彼の足音は感じられない。踊り場で立ち止まったままなのか、今まさに私たちへと近づいてきているのかがわからなくてそわそわする。そうかといって、先生が前にいるのにあからさまに後ろを振り返るわけにもいかない。

心ここにあらずで先生と向き合っていると、急に手を差し伸べられる。

「気にするさ。僕が誘ったわけだし。さっき会場でデザートも追加されていたよ。ほとんど食べてないでしょ？　一緒に戻ろう」

先生に他意はない。子どもの頃の延長で、簡単に手を繋ごうとしているだけ。

以前ならなにげなく応じていたかもしれない。けれども今は、自分から手を重ねられなかった。

だって、すぐ後ろには――。

「葉山崎様」

困っていた矢先、艶《つや》やかな声色で名前を呼ばれ、心臓が跳ねた。

顔を横に回すと、いつの間にか二階まで上りきった千石さんがいる。

さっきまでは、私が先に彼を発見し心に余裕があったはずなのに、今や完全に逆転している。

千石さんは微笑を浮かべ、柔らかな口調で流暢に挨拶文を口にした。

「先日はご来訪ありがとうございました。本日もお越しいただけて光栄でございます」

「あ……こ、こんにちは」

「なにかございましたらスタッフまでご遠慮なく。お連れ様も、ごゆっくりお過ごしくださいませ」

すぐそこにいる千石さんが、なんだか遠く感じる。

理由は、彼のよそよそしい、誰にでも言い回せるような言葉だ。

瞳に映る彼は、初めて見たときと同様に息をのむほど美しいお辞儀をしている。ゆっくり姿勢を戻すと、目尻を下げた。

「どうぞ、素敵なひとときを」

そうして風を切って目の前から立ち去っていく。千石さんの背中は、あっという間に遠く離れていった。

物悲しさを感じ、立ち呆《ほう》けているところにぽつりと言われた。

「彼、知ってる」

私はすぐさま顔を先生へ向けて問いかける。

「えっ。先生、お知り合いですか？」

「いや。名前と、ちょっとした噂程度だけ。恵ちゃんこそ、知り合いだったの？」

「えっと、知り合いというか……以前、レストランを利用したときに少し」

私と千石さんの関係は、秘密というわけでもない。でも、誰かに安易に話す気もなくて、咄嗟に伏せた。

「ふうん。結構利用してるの？」

「まさか。数えるほどです」

「それで顧客の名前と顔を覚えているんだから、やっぱりさすがというところかな」

先生は千石さんが去っていった方向に目を向け、続ける。

「彼はこの業界ではわりと有名な人らしい。ご両親も大層立派な方だし、彼自身も秀《ひい》でた能力とクールな性格で注目されてきたって話」

話を聞き、驚いた。同時に、自分は世間を知らなすぎるのだろうかと頭を過る。

千石さんが有名な人……ご両親も？　なにひとつピンと来ない。『千石』という名前のつく大手ホテル企業はなかったと思うし……。

「さ。戻ろう。せっかくだし、僕もひとつでも多くのスイーツをいただくとするよ」

「あっ。そ、そうですね」

本当は、まだ頭の中の整理ができていない。

私は先生の前だからとどうにか取り繕って、会場へ戻った。

数時間後。パーティーも終盤となり、主催者の挨拶をもって終了した。

とはいうものの、会場を出たホールにはまだ多くの人たちが溢れ、先生もまた入れ代わり立ち代わり声をかけられていて忙《せわ》しなく対応していた。

同じものを志《こころざ》す人たちが集まっていれば、話も尽きないのは当然のことだろう。それに、先生は書道界でも一目《いちもく》置かれる人だから、パーティー後といえどもひっきりなしに声をかけられるのも頷ける。

あの様子だと長くなりそう。今のうちに、お手洗いに行ってもいいかな。

ギリギリまで先生にアイコンタクトを取ろうと見つめていたけれど、やっぱり忙しくてそれどころではないみたい。

迷いつつも自己判断で踵《きびす》を返す。化粧室の案内板を探し、その通りに足を向けた。

たどり着いた化粧室は、さっき千石さんと言葉を交わした階段のすぐそばだった。

化粧室を出る前に、パウダールームへ移動する。鏡の前に立って、メイクや髪型をチェックした。

鏡の中の自分に目を凝らす。顔を横に向け、髪を何度も確認した。

「……嘘。ない」

やっぱり、ひとつなくなっている……。赤と白の小さなつまみ細工の髪飾りが。

昔、母と一緒に着物を誂《あつら》えに行ったときに、私がひと目惚れして購入したもの。高価ではないものの、お気に入りだっただけにとても落ち込む。

「はあ……」

その場で思わず項垂《うなだ》れた。

なくしてしまったものは仕方がない。早めに気づいていたら探しようはあっただろうけど、いつからないかさえもわからないし……。

とぼとぼとした足取りで化粧室を出ると、窓から明るい光が射し込んできて、誘われるように顔を上げた。無意識に引き寄せられ、窓際に足が向く。

室内にいる間に雲が晴れていたんだ。すごく眩しい。

晴天を見て、落ち込んでいた気持ちがほんのちょっと浮上し、さっき見下ろしていた庭園をもう一度眺める。

庭園全体が見えなくても、緑の中に白い花がチラチラと見えて可愛らしい。

目を細めて見ていると、庭園の生け垣沿いに歩いてくる人に意識がいった。

あれって、千石さん……？

だんだんこちらの建物に近づいてくるにつれ、彼だと確信した。

どこからやってきたんだろう。あっちは……駐車場？　ああ。もしかしたら、休憩時間に自宅へ行って帰ってきたところかも。

改めて思う。仕事の休憩中に、毎回こうやって自宅と職場を往復するのは簡単にできることではない。

仔猫と出会ったとき、彼にはいくつか選択肢があったはずだ。その中でも、一番大変な選択をした。生きものと関わるというのは、時間も費用もかかるし責任も伴う。単純に『好き』や『可愛い』『可哀想』だけでは続けられない。

千石さんは……クールに淡々とお世話をしているふうにも見える。でも、なにを差し置いても優先すべきは、仔猫なのだと言葉に出されなくてもそう感じられる。

だから、どの角度から見ても考えても、彼を冷徹だとか怖いとか思えない。

いつしか、つい先ほどまで意識を向けていたナツツバキはそっちのけで、彼だけを目で追っていた。

すると、ふいに彼の顔がこちらを向いた気がした。その瞬間、信じられないくらい鼓動が大きく速くなる。

ここは二階で距離もある。なのに、まっすぐこっちを見上げ続けているから――目が離せない。

後方のパーティー会場側から聞こえる談笑が遠くなる。まるで時間が止まったように、私の世界に彼しかいなくなっていた。

彼を見つめていると、なにやらポケットからスマートフォンを取り出して操作しているみたいだった。直後、手元のクラッチバッグが振動する。

まさか、と淡い期待を抱きながら、クラッチバッグの中を確認すると、発信主は窓越しに見えていた千石さんだった。

再び外に目を向ければ、千石さんはスマートフォンを耳に添え、こちらを見上げている。

「もっ、もしもし！　どうしたんですか？　お仕事中じゃ」

『就業まであと五分ある』

さらりと返された言葉に拍子抜けする。

私が先生といたとき、千石さんは他人行儀に声をかけてきた。あれがすごく寂しくて悲しかったから、今、彼の口調や雰囲気に、心からほっとしている。

それはそうと、急に電話なんてどうしたんだろう。

「でも。そんな場所で電話をしていたら人目につくのでは」

あと五分あるといっても、そんなことは周囲の人にはわかりえないこと。

もしも、職務中に私用の電話をしていると苦情でも入ったら大変だ。千石さんの立場が危ぶまれる。

心配して彼の周りを二階から確認する。

千石さんは、ふいっと身体を横に向け、別方向を見ながら言った。

『ああ。さすがに長くは話せない。だから、ここまで来てくれると助かるんだが』

「えっ」

千石さんの横顔を見つめながら、声をあげてしまった。

『……まあ、そこに連れがいるなら無理しなくても』

「行きます！　少し待っててください」

私は彼の言葉を遮って、通話をそのままにスマートフォンを握って駆け出す。

大股になれない着物がもどかしい。急《せ》く気持ちで階段を下りていく。

庭園への出入り口から外へ出て、さっきの方向はどちらかとその場でキョロキョロしていたら千石さんが歩み寄ってきた。

「着物で走ったら危ないだろう」

「だ、だって……あと五分しかないって……聞いたので」

元々の体力のなさに輪をかけて、運動不足の私。ちょっと急いだだけなのに、肩で息をしている。だけど、脈が速いのはおそらく走ったことだけが理由ではない。

やや呼吸を乱しながら答えたら、千石さんは「ふっ」と笑いをこぼした。

ふいうちの笑顔に驚きを隠せない。

「電話じゃなく直接話す分には問題ないだろう。周囲には、ゲストに対応しているスタッフにしか映らない」

「確かにそうですね」

千石さんは、すでにいつものキリッとした表情に戻っている。

それでも……。

「今は普段通り接してくださるんですね。ここも庭園の隅とはいえカメリヤなのに」

皮肉を言ったわけではなかった。むしろゲストとして扱われないほうが、うれしく思っただけ。

すると、千石さんはどうやら意識的ではなかったらしく、ばつが悪そうな顔のまま、ぷいと横を向いた。

「用件が済んだら切り替える」

「いいえ、私は別にそのままでも……いいえ。そのほうがいいです」

最後はごにょごにょと尻すぼみになってしまった。

千石さんに聞こえたかどうか微妙なところ。彼は黙ったままで反応も特にない。

「お料理とデザートいただきました。デザートの美味しさはすでに知っていましたが、お料理も美味しかったです。手まり寿司が可愛くて、食べるのがもったいないくらいでした。ところで用件とは？　あ。しーちゃんに、なにかありましたか？」

気持ちが落ち着かず、ついペラペラと話をする。

「あいつは特に変わりはなかった。餌も完食して眠っていた」

「そうなんですか。よかったですね」

トラブルでも起こったのかもと心配したけど、変わりがないと聞き胸を撫で下ろす。

そのとき、千石さんの手がスッと伸びてきた。

「えっ？」

ドキッとしたものの、彼の手にあるものが目に飛び込んできて驚いた。

「これは君の髪飾りだろ。今帰ったとき、うちの玄関に落ちていたのを見つけた」

千石さんが持っていたのは、さっき落胆していた原因の髪飾り。

午前中にしーちゃんの様子を見に行ったときに落としていたの？　急いでいたせいか、全然気づかなかった。

私は髪飾りを丁重に受け取り、頭を下げる。

「すみません。ちょうど、どこでなくしたかわからなくて、落ち込んでいたんです。

「ありがとうございます。よかったあ……」

見つかる可能性はゼロに等しいと思っていたものが舞い戻ってきた。とてもうれしくて、思わず髪飾りを握りしめて胸に当てる。そのあと、ゆっくりと手を開き、髪飾りを見つめた。

すると、千石さんがおもむろに髪飾りを摘まみ上げる。

「そんなに大事なものだったのか？　だったら、もう落とさないように気をつけろ」

そう言いながら一歩私に近づいて、その髪飾りを着けてくれた。

直接肌に触れられたわけでもないのに、心臓がバクバク騒いで跳ね回る。緊張で肩に力を入れつつも、視線はちらりと千石さんの顔へ向けた。

軽く瞼を伏せた表情が無防備に思えて、余計にドキドキしてしまう。

もう手も身体の距離も離れたというのに、いつまでも髪に触れられている感覚が残って消えない。

「あ、ありがとう……ございます」

クラッチバッグを持つ手に力が入る。手だけじゃなく、足も肩も全部。

そうでもしなきゃ、まっすぐ立てないんじゃないかというほど、今ものすごく動揺している。

「ああ、陽射しが暑いな。こっちへ」

視線を落として固まっていると、彼は手のひらで目元に影を作りながら言った。

近くの木陰に移動する彼を追いかけた矢先、草履《ぞうり》が地面に引っかかりつんのめる。

「きゃっ」

転んでしまうと思って両目を固く瞑った。次の瞬間、手を掴まれる。その後、しっかりとした腕に身体を支えられた。

「怪我は？」

「い、いいえ」

慌てて体勢を直し、心の中で失態を叱責《しっせき》する。

なにをやってるの。きっと、着物を着慣れていないと思われた。髪飾りの件もそうだし……。こんなふうに手を煩《わずら》わせて、本当に申し訳ないし恥ずかしい。

肩を窄めて羞恥心と闘う。おずおずと千石さんに目線を向けたら、彼はいまだ重ねた手を見ていた。

動転していて気づくのが遅れた。早く手を離さなきゃ……！

「ところで、さっき君と一緒にいた男性は……？」

手を離そうとしたタイミングで質問され、狼狽《うろた》える。

「た、篁先生ですか？　ええと、あの方は私の師であり雇い主でもあって……。あ！　今はほかの先生たちとお話をされているので別行動を」

手に触れている現状に意識を半分以上奪われていて、受け答えがぎくしゃくする。

千石さんは、手をするりと離してつぶやく。

「篁……書道の世界は見識が浅いが、彼のことはどこかで見た気がする」

「これまで本当に多くの賞を獲っていらっしゃるので、新聞やニュースで見かけたのかもしれませんね」

そうして彼は、「そうか」とこぼし、考えに耽りながらシャープな顎に手を添える。

私の目には、彼のそういう様さえも魅力的に映る。

「とはいえ、そろそろ戻らなくていいのか？」

「あ……そうですね」

「ま、俺と話していたって君にとって得られるものはないだろうし、早くその先生とやらのところへ行ったらいい」

皮肉交じりに言って笑う彼に、頭で考えるよりも先に口が動く。

「あります！　千石さんといて得られるもの……たくさんあります」

最後は噛みしめるように繰り返した。

この二十四年、異性に対して抱くことのなかったたくさんの感情と、自身の知らなかった一面を次々明かされていっている。なによりも、誰かに心を動かされるというのを、身をもって感じているもの。

「私……あなたをお慕いしています」

今ここでこの想いを伝えるのは、正解なのかどうかさえわからない。

こういうとき、事前に心を決めて準備万端《ばんたん》で臨《のぞ》むものと想像していた。それほど覚悟を決めて勇気を出さなければ行動に移せないほど、大変なことだと。

現実は違った。実際は、懸命に声を絞り出すのではなく、溢れ出てくるものなんだと学ぶ。

生温かな夏の風も、少し痛みがあったはずの足も、なにもかも感じない。

気になるのは、ひとつだけ。

彼がどんな反応をするかどうか。そして、それによって私はどう返したらいいか、あらゆる選択肢を作っておこうと必死になって考え続けている。

大きく速いリズムを刻む心音を感じ、いっそう緊張が高まっていく。

そのとき、彼が横を向くなり、「くっ」と喉《のど》の奥で笑った。

いったいどういった心情でいるのか見当もつかず、千石さんから目を離せない。

「俺のこと、よく知りもしないのに？」

冷ややかな視線を浴びせられ、寸時肝が冷える。

私の伝え方が悪くて、気分を害してしまったのかもしれない。

内心焦って弁明の言葉を考えるも、それをさせてもらう隙もなく千石さんがそっぽを向いたまま話を続ける。

「職場《ここ》では……いや。これまでいたどんな場所でも、常に嫌われ者だ。君は勝手に俺を理想の人物像に仕立て上げているだけ。願望の押しつけは迷惑でしかない」

「そんなことは……」

誤解だと大きな声で叫んで、もう一度こちらを振り返ってもらいたい。が、運悪くほかのゲストが近くにやってきて、それは叶わなかった。

下唇を小さく噛み、タイミングを待つ。すると、彼は私と向き合い、お辞儀した。

「では。失礼いたします。葉山崎様」

突如、よそよそしい挨拶を口にし、あっという間に背を向ける。私は彼の広い背中を追いかけ、夢中で袖口《そでぐち》を掴んだ。

自分がここまで行動的になれる人間だなんて、初めて知った。

やっぱり、千石さんだけが私を動かす。

「千石さん」

彼は私の呼びかけ直後、眉根を寄せて振り返る。

きっと、いつもの私なら怯《ひる》んですぐ手を離したと思う。だけど、今はしっかりと袖を握りしめていた。

「周りの声は関係ないんです。私自身が千石さんに直接関わって、ひとつずつ知っていきたいと思っているんです」

彼の話が事実で周囲からよく思われていなかったとしても、それはそれぞれの感じ方だから私が同じように感じるとは限らない。

「初めてあなたを見たのは、フロントでお仕事をしているときでした。とても綺麗な所作をするスタッフだなあと目で追っていました。それからあのメモを拾って……あなたの書く文字にすごく興味を引かれたんです」

あの瞬間初めて感じた胸の動悸は、きっとずっと忘れない。

「動物病院の帰り道、淡々としている一面にちょっとだけ怯みました。カメリヤで向けられた柔らかな表情は仕事だったんだ、と」

「間違っていない。そして、その〝一面〟を部下たちは知っている。いや。むしろ、その部分しか知らない」

仕事外での千石さんは、とてもシビアで冷淡なのかなと疑った。素っ気ない言葉を額面通り受け取っていたら、彼の言う通りの印象で終わっていただろう。

私は彼の袖口を握る指に、きゅっと力を込める。

「でもきっと、仔猫を保護して生活のルーティンを崩してまでお世話をしている千石さんを、誰も知らないでしょう？　私はそれを知っています」

彼は呆気に取られた顔をして固まった。

「仰《おっしゃ》る通り、私はまだあなたのことをよく知りません。だから、知りたいと思っているんです」

驚きで揺れている彼の瞳を、まっすぐ見据える。

「私は誰が相手でも知りたいと思ったわけではありませんし、噂や他人の意見を聞きたいわけでもありません。直接見つめ、言葉を交わし、ひとつずつ知っていきたい」

胸の内を全部伝え、スッとする。同時に、我に返った。

気持ちを伝えるにしても、こんなふうに売り言葉に買い言葉みたいなのは……。もっと可憐《かれん》に控えめに言うべきことのはずなのに。冷静になればなるほど居た堪れない。

私は堪らず、その場を離れたくなって、千石さんへ一礼する。頭を戻すなり、身体をくるりと翻してそそくさと館内へ戻った。

心臓がバクバクいっている。手も足も小刻みに震えて止まらない。

信じられない。意中の人を相手に啖呵《たんか》を切ってしまうなんて。

着物なのもあり、そこまで速足でもないのに肩で息をする。来た道を戻り、階段を上りながら、手を添えていた手すりをぎゅうっと握って立ち止まった。

だけど、止められなかった。あんなふうに自分を下げて表現されたら……。私の好きな人を悪く言われて、黙ってはいられなかった。

「はー……」

下を向いて深く息を吐く。

なんともいえないもどかしさを抱えつつ、先生のもとへ戻った。

その翌日、私は気まずいながらも当初の約束通り千石さんのマンションへ行った。とはいえ、私が行く必要があるということは、彼は不在ということ。当然、顔を合わせることはなかった。

いつもテーブルの上に置いてくれているメモは、一切変化のない最低限の報告内容だった。それを見て、カメリヤでの一件は千石さんにとって取るに足らないことだったのかもしれない、と少し落ち込んだ。

けれども私は、帰宅間際にしーちゃんの様子の報告を綴《つづ》ったメモ用紙に付け加えた。

【昨日は逃げるように別れてしまってすみません。ですが、伝えた意志は本心で、今も変わっていません】――と。

あれが今の私の精いっぱい。表面だけじゃなく、いろんな面を知っていきたいという意志《おもい》だ。私自身、自分がここまで頑《かたく》なな性格だと初めて知った。

同じように、千石さんだって、自身も知らなかった一面があるかもしれない。そういうところも見つけたい。

さらに翌日の今日は、日曜日。体験イベントの日だ。

日中は仕事に追われていたから余計なことを考える暇もなかったけれど、後片づけのときにはどうしても千石さんのことを思い出す。

その後、仕事が終わって帰路についたのは午後七時過ぎ。

だんだんと薄暗くなっていく空を眺め、ぼんやり考えるのはやっぱり彼のこと。

どう足掻《あが》いたって、約束である一か月がもうすぐやってくる。それで本当に私はお役御免だ。

それなのに、昨日はメモにあんなひとことを添えてしまって……。煩わしがられたに違いない。

私の気持ちは揺らがない。でも、相手がどう受け取るかわからないだけに、これ以上は踏み込むのが怖い。

胸にモヤモヤしたものを抱えながら歩いていると、着信が来た。

一度立ち止まり、歩道脇に寄ってスマートフォンを見た。和香奈からメッセージだ。

【カメリヤのタルトの味が忘れられないよ〜。糖分欲しい〜】

和香奈の通常運転のメッセージに沈んでいた気持ちがちょっと浮上し、クスリと笑いがこぼれた。

【うん。すごく美味しかったもんね】

メッセージを送信し、ディスプレイに目を落としたまま考える。

やっぱり、この仄暗《ほのぐら》くドロドロした感情をひとりで抱えているのは苦しい。まして、誰かに想いを寄せるのは初めてだもの。自分ひとりで解決できるとは思えない。

そう確信したと同時に、手早く文字を入力する。

【和香奈。今、少しだけ電話してもいい？】

とにかく話したい。親友で心を許せる和香奈こそ適任だ。というか、和香奈以外いない。

すると、メッセージのやりとりをしていた流れもあり、即座に〝ＯＫ〟のスタンプが送られてくる。私は間髪《かんぱつ》いれずに和香奈へ電話をかけた。
『どうしたー？　なにかあった？』
和香奈は明るさも残しつつ、心配げに言った。
彼女のことだ。さっき私が電話をしてもいいかと尋ねたときから、薄々なにかある
と勘づいていたのだろう。
「なんかね。こう、自分が居た堪れなくなっちゃって」
『え？　なに。なんで？』
いつの間にか夕陽が落ちて、薄暗くなった空を仰いだ。
私は好きな人ができた話と、思わず告白してしまったこと。言うだけ言って、相手
の答えを聞かないまま立ち去ったことなどを説明した。
すると、和香奈は興奮気味に声をあげる。
『恵が押す形で告白？　信じられない！　すごいじゃん！　そんな恵がせっかく気持
ちを伝えたんだから、勇気出して相手の答えを聞くべきだよ！』
和香奈とは逆に、私は辛気臭い声で答える。
「ひとりでずっと考えていたら、これ以上は迷惑になるんじゃないかなって。ううん。
すでに迷惑をかけたなって、後悔に押し潰されて……」

この期《ご》に及んでうじうじしてしまう自分が嫌だ。

そう思うのに、距離を取ろうとかあきらめようとかは考えず、むしろ逆にメモにあんなひとことまで添えてしまって。矛盾ばかりだ。

『深く考えないでいいんじゃないかな。生きていたら、誰かに迷惑をかけちゃうこともあるよ。ところで、その相手ってどこの人？　仕事関係で知り合った人？』

和香奈の質問で意識を引き戻され、どう答えようか考えあぐねる。

和香奈もすでに会ったことのある人なだけに、ちょっぴり切り出しづらい。

「違うの。仕事じゃなくて……カメリヤの人」

ぽつりと答えると、これまで反応の速かった和香奈が急に静かになった。

驚いているのか、それとも聞こえなかったのか。どちらだろうと考えていたら、和香奈がたどたどしく口を開く。

『え？　待って。カメリヤのって……レストランスタッフの人？　それとも、メモを届けた人？』

私は頭の中に千石さんを思い浮かべながら、電話だというのに小さく頷いた。

「うん……メモの人」

『嘘っ、あの人？　実は総支配人に気を取られてじっくり見てなかった。うーん。確か、笑顔ではあるけど、ちょっと近づきがたい雰囲気の人じゃなかった？』

和香奈はそう感じていたんだ。言われれば、簡単には近寄れない高貴な雰囲気はあったかもしれない。

「私にとっては、不思議と近づいてみたいと思わせられる人なの」

今や、初めてカメリヤで会ったとき以上に彼に夢中だ。

千石さんを想うだけで、自然と口元が緩む。

『へえ。そんなに言うなら、やっぱりいっそ直接会いに行きなよ。カメリヤに！』

「会いにって。それはさすがに……ほら。相手はお仕事してるわけだし」

『オッケー。なら、ランチしに行こ』

「ラ、ランチ？」

この話題の流れで、突如出てきたお誘いに動揺を隠せない。

『今度の水曜日に。仕事休みでしょ？　行こう、カメリヤのレストランへ』

和香奈の答えを聞く直前、予測した通りの回答が来て絶句する。

しかし、心のどこかで彼女の助け舟に感謝している自分がいた。

カメリヤ訪問二度目の和香奈は、果敢に攻める態勢を崩さない。

ずんずん進んでいく和香奈の背中を、ハラハラとした気持ちで追いかけようとしたとき。

「こんにちは」

ふいに声をかけられ、振り返る。相手は二階へ続く広い階段から下りてきた、男性スタッフだった。

「え？　こ、こんにちは……」

戸惑い交じりに、たどたどしく言葉を返した。

「先日、お越しくださいましたよね。和装がとてもよくお似合いだったので覚えております」

にこやかに話をする男性スタッフをよく見る。

「あ、ウェイティングバーでドリンクを配っていらっしゃった方……ありがとうございます」

先生に連れられて出席したときのパーティー会場の前を担当していたスタッフだと気づき、ほっとする。

「覚えていてくださり光栄です。洋装だとまた雰囲気が変わられますね。とても可愛らしいです」

善意で声をかけてくれているのに、私の気持ちは千石さんへ向いているため、会話に集中できない。

するとそわそわしていたのが伝わってしまったのか、男性が軽く首を傾げた。

「なにかお困りでしょうか？　でしたらお手伝いさせていただきますよ」

気持ちはありがたいけれど、さすがに千石さんのところへ連れていってほしい、なんて言えない。

丁重に断ろうと口を動かそうとした瞬間、和香奈が答える。

「私たち、人を探しているんです」

和香奈が本当にスタッフへ相談してしまったことに動揺するも、話は進んでいく。

「人を？　お連れ様でしょうか？」

「いえ、そちらのスタッフの……恵。名前はなんだっけ」

ふたりの視線がこちらに向く。どちらも厚意はうれしいものの、こうして探し回っていること自体、千石さんに迷惑をかけている気がしてなにも言えず俯いた。

「あなたがお探しなのは、わたくしでしょう」

和香奈でもスタッフの男性のものでもない、低く艶のある声に思わず視線を上げる。

男性の後ろに立っているのは、千石さんだった。

「せ、千石支配人！」

男性は委縮するように名前を口に出し、和香奈もまた目を大きく見開いていた。

千石さんの登場に驚き言葉を詰まらせていると、彼は私を一瞥《いちべつ》してひとこと問う。

「違いますか？」

私があんなふうに一方的に想いをぶつけて立ち去ったあとでも、まっすぐ向き合ってくれる千石さんに目頭が熱くなった。

胸がいっぱいになっている最中《さなか》、和香奈が私の両肩に手を乗せ、グイと押す。

「そうなんです！　この子、あなたに用があって。じゃ、私はレストランの前で待ってるね」

早口で捲《まく》し立てては、ひとり颯爽《さっそう》と行ってしまった。

和香奈にお膳立てされたものの、急展開にまだ頭がついてこない。

伝えたい言葉を胸の中で整理していると、千石さんが男性に向かって言う。

「ここはもういい。持ち場に戻るように」

淡々とした指示に男性は慌てて一礼し、そそくさと立ち去った。

千石さんとふたりきりになり、あからさまに心臓が大きな音を立て始める。

第一声は千石さんだった。

「あまり長く時間は取れません」

それも敬語で、私は完全に一線を引かれたと感じ、強張《こわば》った。

「も、申し訳ありません。お仕事中に……たびたびご迷惑を」

首を窄めておずおずと謝罪をする。すると、「ふー」と小さなため息が聞こえ、ますます頭を上げられなくなった。

「ここは通行の妨げになりますので、あちらまでご移動願えますか」

指摘されてようやく視野がほんの少し広くなった。確かにここは、階段の上り口でロビーの真ん中だ。

消え入るような声で「はい」と答えた。

そのまま一階の廊下を歩いていく。微妙な距離の先にある千石さんの背中を見ていると、なんだか切なくなった。

辺りに人がいなくなっても、千石さんは足を止めない。

「あの……」

私が声をかけ、ようやく彼は立ち止まる。しかし、こちらを振り返りはしなかった。

「今のあの男……まだ教育的指導が足りないようだな」

鋭い眼光でこぼした言葉にびっくりして、千石さんを凝視する。

千石さんは私を見ては眉間に皺を寄せ、またもや長い息を吐いて頭を抱えた。

「下心が見え見えだ。あの男は君を私的に気に入っていた。カメリヤのスタッフとしてあるまじき行為だ」

「えっ。まさか」

「まあいい。俺に目をつけられるのを恐れて、おとなしくするだろう」

ひとりごとみたいにつぶやく彼は、一向にこちらを見ようとはしない。

さっき私と向き合ってくれたのは、第三者がいた手前だったのかも。ふたりきりになって、目も合わせてくれないのはそういうことじゃないのかな。

そう気づくと、途端に胸が苦しくなった。だけど、和香奈も言っていたように、中途半端にしたままでは引きずってしまいそう。

そうならないためにも、勇気を出さなきゃ……。

「すみません！　この前お伝えしたことですが……迷惑でしたらそうはっきり仰ってください。……でなければ、きっと私は——」

「あきらめきれない、とか？」

顔はあちら側を向いたまま、淡々と言葉の先を言われ、完全に委縮した。

初めて『近づきたい、知りたい』と思えた相手だったけれど、受け入れてもらえなかった。仕方がないってわかっていても、やっぱり落ち込む。

下唇をきつく噛み、どうにか顔を上げようと動いた瞬間。

「変わったヤツだな」

千石さんがこちらを振り返り、そう言った。

瞬《まばた》きもせず、千石さんの顔を見つめる。

仕事で完璧な笑顔を作れる彼は、さすがポーカーフェイスもうまい。喜怒哀楽《きどあいらく》どれとも取れるようでいて、どれかわからない。

つまり、私は自分が突き放されているのか、歩み寄ってくれているのか判断がつかなかった。心情が汲めないから、なおさら彼を観察し続けるしかない。

すると、千石さんはわずかに顔を顰《しか》めて続ける。

「わざわざ自ら気分を害されに来るのと同義だ」

その瞬間、以前、仔猫を保護した理由を『仕方なく』と口にしたときと似ていると思った。

千石さんは、表現の仕方に癖があるだけで、ある意味とても正直で裏表のない人とも取れるんじゃ……。人に厳しくなるのは真摯に向き合った結果で、それは同時に自分に対しても同じスタンスになり、自分へも厳しい発言をしてしまうタイプ……？

私はひとつの答えにたどり着き、千石さんを見据えた。

そういう彼には、まっすぐぶつかっていくのが一番な気がする。

「これまで、一度も気分を害されたことなどありません」

「それは数えるほどしか、こうして話をしたことがないからだろうな」

「私はここへ来る際にはいつも、偶然でもいいから会いたい、と思っていました」

千石さんは、切れ長の目を大きく開いた。その後すぐに軽くため息を吐き、視線を逸らしてぽつりとこぼす。

「本当、つくづく変わってるよ」

千石さんの雰囲気が戻った。冷たく突き放すような態度は消え、幾分《いくぶん》か柔らかさを纏っている。

「まったく。そんなことを言われるのは初めてだ。ちなみに、意志は変わっていない、なんて頑なな宣言もされたことはない」

それは、以前私が置き手紙に書いた内容だ。

「本当ですか……？　お仕事とかでありそうですけれど」

おずおずと聞き返すと、彼は私をちらりと横目で見ては首を横に振った。

「いや。そんなふうに俺に食ってかかってくる相手はまずいない」

「……ふふふっ」

やっぱり、千石さんは猫タイプな気がする。ツンとしてみせても、本当はやさしい。交流を重ねていくにつれ、心を開いてくれそうな、そんな人。

「君はあの名刺をもらったときにイメージした通りだな」

彼が頭を掻きながらぼやいたセリフに目を丸くする。

私がメモを拾い、初めて彼に会ったときに抱いた感想と、ほぼ同じだ。

凛とした文字から受けた印象そのものだ——って。

「ど……どんなイメージです？」

怖いもの見たさにも似た気持ちで、恐る恐る尋ねる。

気になる男性が、自分についてどう感じているか。そんなの、気にならないわけがない。だけど、いい印象を持ってもらっている自信もないから、聞きたいけれど聞くのが怖いというのが正直なところ。

千石さんは、ドキドキして待つ私の心情をわかっていて、答えるまでの時間を溜めているのか、なかなか口を開いてくれない。

すると、真剣な表情から一転、彼は一笑して言う。

「繊細だがどこか芯のある、強さを兼ね備えた字を書く人だ……とね」

どうしよう。これまでの中で一番うれしい。

もう十何年も字を書いてきた。その間、苦しいときもあったが、いろいろと褒《ほ》められたこともあった。賞に選ばれたとき、段位が上がったとき。自分の努力が実を結び、人に称賛《しょうさん》されることはもちろんうれしかった。

でも、それらの褒め言葉が一瞬で霞《かす》むほど、千石さんの感想は胸が弾む。

「ま、粘り強さまであるとは想像していなかったが」

付け足された言葉にドキリとし、私は肩を竦めて小さく謝る。

「すみません……しつこくて」

「筆跡もだが……。名は体なり、か。よく言ったものだな。名前も君のそのままを表している」

思わず再び顔を上げて、目を見開いた。

だって、驚いた。私が最初、千石さんに興味を持ったきっかけと似たことをまた言うんだもの。

書は人なり――私にとって千石さんは、その考えが当てはまる人だったから。

「〝恵〟……ですか？　母からは、『恵まれた日々を送れるように』といった意味合いでつけたと聞いたことはありますが」

私が視線で説明を求めると、彼は腕を組んで答えてくれる。

「道理を見極める。聡い——そういう意味合いもある」

「そう、なんですか？」

恥ずかしながら、初めて知った。でも、そんな立派な内容だと、自分に当てはまっている気などしない。

もったいない言葉に恐縮していると、彼の顔がこちらを向いた。

「それと、外柔内剛《がいじゅうないごう》という言葉が浮かんだ。君にぴったりな言葉だ」

千石さんは、自身でわかっているのだろうか。

今、私に対してとても柔らかく解れた表情を見せてくれていることを。

仕事中とは違う微笑みに見惚れ、このままずっと眺めていたいと思っていたのに、彼はスッと元のクールな表情に戻ってしまった。途端に現実を思い出す。

私と千石さんの関係は、一時の仔猫のお世話だけで繋がっていた。

それもう、終わりを迎える。

私の告白は聞いてもらったけれど、はっきりした答えはない。私自身、具体的にどういう関係性になりたいかを伝えていないから、当然だと思う。多分、千石さんはそれについて、これ以上掘り下げはしないはず。

これで満足しなきゃだめだよね。あまり欲張りすぎたら罰があたるかもしれない。

心の中で戒《いまし》めていると、ひとつ咳払いをした千石さんに言われる。

「差し当たり、明後日は休日だから……」

彼が切り出した言葉の先を予想し、寂しくなった。

「明日でもう、契約終了という話ですよね？　わかってます」

千石さんから言われる前に自分で言ったほうが、笑いながら現実を受け止められる。

本当は、仔猫を通じて関わりが持てている現状を終えるのが寂しい。でも、それは私のわがままになるから。

意識的に口角を上げるも、どうしても千石さんの目は見られなかった。

沈黙が嫌だ。そうかといって、もう私はなにも話せない。なにか口に出そうとすれば、笑顔が崩れてしまいそうで。

下唇を噛みしめ、俯くなり、盛大なため息を落とされ肩を揺らす。

そろりと千石さんを窺うと、呆《あき》れ交じりに返された。

「しっかりしてる部分があるかと思えば……。そういや、そそっかしいんだったな」

彼が辟易《へきえき》しているような原因は私なのだろうが、動揺するばかりで心当たりが浮かばない。

「だってそうだろ？　この前もうちの玄関に髪飾りを落としていって」

「あ……」

あの日の自分のそそっかしさを思い出して恥ずかしくなり、両手で顔を覆う。

「来なくていいって話ではない。逆だ」

「逆？」

思わず顔から手を外し、繰り返すようにつぶやいた。改めて千石さんと向き合うと、彼は私をジッと見る。

「明後日……ほかに予定がないなら、うちに来れるか？」

思いがけない誘いに驚いて、すぐには答えられない。

聞き間違いではない？　思い違いでもない？

自分に何度も問いかけてから、ぎこちなく首を縦に振る。

「は、はい」

「なら、お茶でもごちそうする」

彼は言うや否や私の横を通り過ぎていく。私は慌てて振り返り、千石さんの背中に問いかけた。

「お茶を……？」

千石さんは足を止め、顔だけ半分こちらに向けて淡々と答える。

「恵が言ったんだろう。報酬《ほうしゅう》はカメリヤのスイーツで、と」

予想もしない回答に、私はさらに思考が鈍った。

報酬って……ううん。そんなことよりも、今、『恵』って！

頭の中が急に忙しい。いや。頭よりも感情が大変なことになっている。心臓がバクバク騒いで、頬が熱くなって、いつの間にか手に力が入る。

恋で胸が高鳴るって、こういうことなんだ。

「ぜっ、ぜひ！　お伺いさせていただきます」

危うく声が裏返りそうになった。けれど、そんな必死な私を笑うことなく、千石さんは言う。

「じゃあ、午後二時くらいにでもしておくか。悪いが、明日は念のためいつも通り、留守を頼む」

「はい！」

ふたつ返事で答えると、千石さんは一度目を合わせ、颯爽と立ち去っていった。

私はゆっくり姿勢を正し、千石さんの背中をただ見送った。

彼の姿が見えなくなってもしばらく動けず、数分後にようやく足を動かし、和香奈の待つレストランへ急ぐ。

どこか現実ではないような、ふわふわとした心持ちだった。

「恵！　どうだった……？」

私を見つけた和香奈は、こちらに駆け寄るなり尋ねてきた。

本当なら高い声をあげて喜びのまま報告したいくらいだったのを、ＴＰＯをわきまえてグッと堪えた。

ひと呼吸おいて気持ちを落ち着かせたあと、ゆっくり答える。

「次の休みに……彼の家でお茶をごちそうしてもらう約束を……」

「えっ。それって、つまり」

「ううん、明確になにかが変わったわけじゃないの。お茶っていうのも、お礼的な意味合いだし」

和香奈の期待に添う結果ではなかったものの、私的には、気まずくてもう二度と面と向かって話すきっかけがないかもと思っていたから、十分すぎる結果だ。

自分の胸の内で納得し完結させていると、和香奈が首を傾げていた。

「お礼？　なんの？」

そうだった。彼女には、その辺りの話まではしていなかった。

ここまで巻き込んで秘密にするのも忍びなくて、私は仔猫のくだりを説明した。

その話を聞いた和香奈は、目を大きくして声をあげる。

「すでに彼の家には出入りしてたって話じゃん！　それで脈なしなわけないよ！」

私の手を取って目を輝かせる和香奈には申し訳ないけれど、私は力なく笑って頭を横に振った。

「んーん。そんなことない気がする。千石さんって、いつでも冷静で現実主義っぽいから。単純に、仔猫の面倒を見るのに適しているって判断で選んだだけだと思う」

「ええ？　適任ってだけで他人を自宅にあげられる～？　っていうか！　根本的な心配なんだけど、その人、ひとり暮らしなんでしょ？　いくら片想いの人とはいえ、よく知らないうちから、女性ひとりで行くのってちょっと心配なんだけど」

「ひとりじゃないよ。仔猫もいるし」

「そんなの！　なんかあったときの助けにならないでしょ」

和香奈は興奮気味に訴えてくる。だけど私は、落ち着いて答えた。

「そういう心配はしてないの。その仔猫にスーツの上着を貸せる人だよ？　そんな人がおかしなことしたりしないよ」

「は？　スーツを？」

和香奈が目を白黒させたのち、小さく息を吐く。

「はあ。恵は昔から意外に頑固なところあるからなあ」

「ごめんね。心配してくれてありがとう」

「お礼を言われることじゃないよ。ま、恵の人を見る目は信用してるよ。昔から恵が心を開く相手はいい人しかいなかったし」

私のことを信じて理解してくれる、そんな和香奈は私にとって、とても大切な友人。今日ここへ連れ出してくれた件も、心からありがたいと思った。

「んじゃ、まあ今日のところはうまくいったってことで、そろそろ入らない？」

私たちはレストランの入り口を目指す。

ガラス越しにスイーツが並ぶショーケースが見えるところまで歩いたとき、和香奈に言われる。

「食後のデザートは、ケーキと恵の話ね」

「え？　私の話って？」

きょとんとして聞き返すと、和香奈はにんまり顔で返す。

「それはもちろん、彼と出会って恋に落ちるところまでを事細かに」

4. それぞれの独占欲

暑さに耐えながら駅から歩く。マンションのエントランスに足を踏み入れた瞬間、すうっと涼しい空気に癒やされる。インターホンへ向かおうとした矢先、正面ドアが開き、コンシェルジュに促されてロビーへと足を踏み入れた。

どうやら、今日は事前に千石さんがそう指示していたみたい。

エレベーターに乗って、目的階に到着する。

昨日も午前中ここへ来た。けれども、今までとは違う緊張がある。

玄関前のインターホンを鳴らし、ドキドキしながら視線を落として応答を待つ。大きく息を吸って、吐き出している途中にドアが開いた。

ドアの隙間から千石さんの顔が見えて、ぺこりとお辞儀する。

これまでフロントでコンシェルジュに鍵を借り、中へ入っていた。しかし、今日は久々に千石さんに出迎えられたのもあり、そわそわしてしまう。

「どうぞ」と促された私は「お邪魔いたします」と一礼して靴を脱ぎ、端に揃えてリビングへ向かう。

当然リビングに足を踏み入れるのも、もう何度目か。それにもかかわらず、どうもいつもと違って感じ、所在なくリビングの隅に気配を消して立っていた。

千石さんが不在のときは、ダイニングチェアを拝借《はいしゃく》して読書をしつつ、しーちゃんを気にかけていた。

私が壁際に立っているのに気づいた千石さんは、眉間に深い皺を刻んで口を開く。

「なに。そんなところに立ってないで適当に座って。俺が落ち着かないだろ」

「すっ、すみません」

指摘されれば、『それもそうか』と納得し、ダイニングチェアに腰を下ろした。

キッチンに立つ千石さんを正面に見据え、会話を考える。

「昔は……うちにも猫がいたので、一緒にひなたぼっこしていて、うとうとして。気づけば夕方とかありました。猫との時間って、どうしてあんなにもゆったりと心地いいものなんでしょうね」

とにかく共通の話題を……。といえば、猫かなと思って話題に出した。

「まあ、あいつはまだ俺に対して距離を取っているが、確かに見ていて飽《あ》きない」

昔飼っていた猫との時間を思い出してぼんやりしているうちに、気づけば千石さんがすぐ横まで移動してきていて驚いた。

目の前にシンプルなティーカップを置かれる。ティーカップに注がれた紅茶の水色は、透き通った薄めの蜜柑《みかん》色だった。

「ありがとうございます。わあ、いい香り」

爽やかな香りがして、思わず表情だけでなく心も緩んだ。

紅茶に意識を向けている間に、千石さんは再びキッチンに行き、また戻ってくる。

「えっ」

千石さんがテーブルの上に置いたトレーを見た途端、声を出してしまった。

運んできてくれたものは、数種類ものスイーツが並んだスクエアデザートディッシュ。ケーキはもちろん、ゼリーやマカロンなどもある。

この間、カメリヤのスイーツを……と話はしてくれていた。だけど、まさかこれほどの種類を？

「こんなにたくさん用意してくださったんですか⁉」

「ショーケースのほんの一部だ」

「そんな……もしもショーケースのものを全部用意したなら、この広いテーブルでもいっぱいになってしまいますよ」

淡々と話す千石さんを見ていたら、仮に私が『カメリヤのケーキを全種類』なんてお願いしようものなら、その通り実行していたかも……などと思う。

驚きで固まっていると、千石さんは私の前にカトラリーレストを置き、カトラリーをセットする。

「どれがいい」

もう一度、デザートディッシュの上に並べられたスイーツを眺める。

「抹茶のケーキをいただいてもいいでしょうか」

このケーキは、以前和香奈とカメリヤに行ったときに食べた。スポンジの間に挟まっている抹茶のクリームが、濃厚なのに甘すぎず、抹茶そのものの味わいだった。

すでにいくつかケーキを選んで食べたあとだったのに難なく完食できたのは、このケーキだったから。

千石さんは「抹茶ね」と言って、トングを使って慣れた手つきでプレートに抹茶のケーキを乗せた。

隣に立ち、そつなく取り分けてくれる彼は、さながらレストランにいるスタッフみたいだ。初めに目を引かれたのも、彼の所作の美しさだった。

「千石さんは、ウエイター姿もお似合いになりそうですね」

感動にも似た気持ちで、つい思ったことを口に出した。

「カメリヤではないが、短期間レストランスタッフの経験はある」

「そうなんですか！　制服姿も見てみたかった。きっと女性の視線を集めていたでしょうね」

たとえば、カメリヤのレストランスタッフなら、ベストに蝶ネクタイタイプの制服。それを千石さんが着る想像するだけでも、よく似合うのがわかる。

ひとりで空想に耽っていたら、横から小さな笑い声が聞こえて振り返った。

「そんな感想を持つのは君だけだろうな。それより、ほかはいいのか？」

「は、はい。今は十分です」

眉間にちょっと皺を寄せながら笑う、千石さんの表情に意識を引かれた。

ときどき、こういう苦笑いのような顔を見せる。仕事中は完璧なスマイルなのに、普段はうまく笑顔を作れないだなんて、なんだか愛しさに似た感情が湧く。

千石さんは「そう」とだけ返し、デザートディッシュをキッチンへ運ぶ。

「あの、千石さんの分は？」

私の前だけに美味しそうなケーキがある。

もしかして、と彼の答えを予想しつつも、言葉を待った。

「俺は甘いものは食べない」

予想通りの回答に納得はするものの、別の疑問が浮かんでくる。

「じゃあ、そのスイーツは……」

「全部君のに決まっているだろ。君へのお礼なんだから」

まさかと思ったけれど、状況からは確かにそれしか考えられない。とはいえ、今下げたデザートは、まだ四、五人分くらい残っていた。

「お、多すぎます！」

「シッター代と比較すれば全然足りないくらいだろ」

即答され、なにも返せず茫然とする。

千石さんは残りのケーキを一度冷蔵庫にしまってから、自分の飲み物を手に、向かい側の席に着く。そのカップの中身を覗かなくても、千石さんはコーヒー派だと、コーヒー豆のいい匂いでわかっていた。

こうして向かい合って飲み物をいただく場面は二度目だけど、やっぱり優雅だなあ。コーヒーを飲むだけで絵になる。指先や視線のひとつひとつが上品で、いつまでも見続けられそう。

「紅茶、冷める」

「あっ。いただきます」

一瞥ののちに簡潔に指摘され、我に返って両手を合わせた。ティーカップを両手でそっと持ち、口に運ぶ。

「紅茶の色が薄めなのに、風味はしっかり感じます。それにこれ……どこか緑茶っぽいフレーバーにも思えるような。後味のちょっとした渋みとかも……美味しいですね」

紅茶自体は好きで、外食時にも食後には紅茶を選ぶ。だけど、産地や銘柄などまでは正直詳しくはない。

それでも、これまで飲んだことのある紅茶との違いを感じられるくらいはわかる。

「ヌワラエリヤ。ああ。そのケーキに合うはずだ」

ヌワラエリヤ……どこかで見聞きしたことはありそう。でも、味まではわからないということは、やっぱり今まで飲んではいないのかも。

「ほら。早く食べないと冷蔵庫にもまだ控えてるぞ」

「えっ。今すぐ全部は食べきれないです……ごめんなさい」

心から申し訳ない気持ちで、深々と頭を下げた。

私がカメリヤのスイーツを、なんて提示しておいて……。千石さんはその通りに用意してくれたのに、私の言い方が悪かったせいで。

真剣に反省していると、軽く笑われる。

「冗談だ。残りは持って帰ればいい」

「あ……そうですよね……」

本当、私って視野が狭いというか、頭が固いというか。

フォークを取り、抹茶クリームを掬《すく》う。ひとくち頬張り、前回の記憶通りの味わいが口の中に広がって頬が緩んだ。

「美味しいです」

あの日、カメリヤの庭園を横目にしつつ口に運ぶスイーツだからこそ、最高に美味しいのだと思った。

今ここはカメリヤではなく、椿の庭園もない。でも、十分に美味しいし、むしろ初めて食べた日よりも、思い出深い味わいになりそう。

「紅茶は必要ならすぐ用意できる。今日は砂糖とミルクもあるから、ミルクティーにしたければ言うといい」

「はい。ありがとうございます」

笑顔でお礼を言いながら、ふと気づく。

最初にここへ来たときには、砂糖はないって言っていた。千石さんは、多分この間も今日もブラックコーヒーを飲んでいると思うのだけど。

不思議に思ったものの、掘り下げるほどでもないかと質問するのはやめた。

ケーキを完食し、フォークを置く。

最高のスイーツと美味しい紅茶をごちそうになり、幸福感で満たされていた。

「ここは朝も昼も、静かなんですね。時間がゆっくり進んでいる感じがして、しーちゃんも居心地がよさそうです」

タワーマンションというところに訪れるのは、千石さんのおうちが初めてだった。

ここまで高層階にもなると、街中の喧騒《けんそう》の音もそう届かず、静かなのかな。

「地上三十階だし、防音対策してるらしいから、外の音はあまり入ってこないんだろ」

「そうなんですね」

私の相槌を最後に、しばし無言の時間が流れる。

リビングに通された直後は、とても緊張していたが今はそうでもない。

隣のリビングで仔猫がたまに歩き回り、それを気にするように、千石さんは目だけを向ける。時折、コーヒーを飲みながら。

私はその光景を、なんだかずっと見ていられる気がした。

しかし、私がここにいられるのはティータイムの間だけ。残りわずかの紅茶を飲み終えたら、お礼を言って席を立たなくちゃ。ここにある穏やかな時間を少しでも共有できただけ、よかったと思わなきゃ。

カップの底にうっすら残る紅茶を見る。密かに抱く名残惜しい気持ちと一緒に、全部飲み干した。

「ごちそうさまでした」

深く下げた頭をゆっくり戻す。そして、ちらりと後方のしーちゃんを見た。

「確認しておきたいのですが、しーちゃんの付き添いはもう大丈夫なんですよね？」

だからこそ、今日私をお茶に誘ってくれたのだと思っていた。

区切りとして、お礼のスイーツも用意してくれていたのはそういうこと。

「ああ。朝に家を出て、昼の二時、三時くらいの休憩時間までなら大丈夫そうだな」

「よかった。でしたら、もう……私の出番はないですね」

おもむろに席を立ち、静かにしーちゃんのもとへ近づいていく。寛《くつろ》いでいたしーちゃんは、ピクンと耳を立て、私が身体に手を伸ばすと一瞬で逃げてしまった。

結果はほとんどわかっていたものの、最後かと思ったらチャレンジしたくなって。

ダイニングテーブルまで戻り、苦笑する。

「うーん。まだ撫でさせてはくれないかあ。残念です。一度は撫でてみたかったんですけどね」

すると、千石さんは私を見てさらりと言う。

「焦らなくても、そのうち逃げなくなるだろ」

「きっとそうでしょうけれど、私はもう会えないので」

「はあ?」

いつも以上に険しい表情で返され、さすがにビクッと肩を揺らした。

どの部分が千石さんの怒りの琴線に触れてしまったんだろうか。

とりあえず、たどたどしく説明をする。

「えっと、さっき……もう付き添いは不要だと聞いたので」

彼は目をぱちくりとさせたのち、元の雰囲気に戻って淡々と言葉を並べる。

「面倒を見る仕事はもうないが、来るのは自由だ。そいつに会いたいなら、いつでも来ればいい」

思いも寄らぬ提案をされ、思考が追いつかない。

返答できずに固まっていたら、彼はさらにさらりと続ける。

「俺がいるときなら、お茶くらいは出してやる。というか、あの茶葉は恵専用のつもりで用意したから来ないと困る」

「私……専用？」

え？　わざわざ買ってきてくれたの？　ううん。そうだったとしても、別に紅茶はどのお客さんにだって出せる。それをわざわざ『専用』って……。

信じられない言葉に耳を疑う。

話はきちんと聞き取れたけれど、千石さんの考えがまだわからない。

戸惑う気持ちが顔に表れていたのかもしれない。千石さんが私の顔をジッと見て、席を立った。

「うちに来る人間は誰もいない。いや。正確に言うなら〝いなかった〟。物怖じせずに俺に近づいてくる人は、そうそう……」

そして私の前に立ち、まっすぐな目で告げる。

「恵くらいだ」

真剣なまなざしを向けられ、胸の奥がきゅうっとしめつけられる。

「だが、『知りたい』なんて宣言したわりに、大したことも聞いてこなかったな。ま、心変わりはして当然だろうから、責める気はさらさらないけど」

「その欲求は変わっていません」

私は即座に答えた。

もちろん変わらず、彼を知りたいと思っている。だからこそ、こうして取り繕わずに不器用ながらも本音を伝えてくれる今がうれしくて仕方がない。

負けじと彼の双眼を覗き込んで、切々と訴える。

「でも、一問一答をしたいわけではないんです。同じ時間を過ごして、自然と見えてくる部分とか……私の『知りたい』とは、そういうことを言っているんです」

口頭のみの質疑応答なんて、なんの意味も持たない。特に千石さんは、自身の価値を下げる発言をして真実を隠すから。

千石さんは一笑する。

「そう言って、今日を最後に、もうここには来るつもりがなかった。だろ？」

「それは！　……私だって、できたら好きな人に嫌われたくはないんです」

咄嗟に反論しかけたものの、最後には言い訳がましい内容を口にして俯いた。

「嫌われる？　俺はありうる話だが、恵はないだろ。そんなこと」

「いいえ。仮に前に仰っていた通り、千石さんが誰かに煙たがられたりしていたとしても、私はその『誰か』には当てはまりませんよ」

ほら、やっぱり。千石さんは、どうしてプライベートとなると、そうやって自己評価が低くなるんだろう。

「私にとって千石さんは、ちょっと不器用なだけのやさしくて素敵な人です」

彼が自身をどう見ているかや、周囲の人が感じる彼の人柄は、完全に否定することはできない。でも、私が抱いている彼への印象だって、誰にも否定できない。

もちろん、千石さんにだって。

にっこりと笑いかけると、彼はばつが悪そうな表情をして目を逸らした。それから、再びそろりと視線をこちらに戻し、一瞬だけ『降参だ』といった顔をして微笑んだ。

――可愛い。

大の大人にそんな感想を持ってもいいものなのか。けれど、瞬時に思ってしまった。仕事中の笑顔に所作に、彼の書く文字に惹かれたように、今私を映すその瞳に引き込まれる。

「え……」

瞬きも忘れて見入っていたら、あっという間に距離がなくなって唇を重ねられていた。目を閉じる余裕もないうちに、彼はそっと唇を離す。

時間差で心臓がこのうえなく騒ぎ出す。手も頬も全部に熱が灯った感覚に陥って、触れられた感触を反芻《はんすう》しながら上目で彼を見つめた。

そのとき、千石さんがぽつりとこぼす。

「……甘」

自分の唇を確かめるようにしてつぶやかれたことに、初めは頭が追いつかなかった。しかし、それはさっき私が食べていた抹茶のケーキの味だろうと考えると、たちまち恥ずかしさで瞳が潤む。

「ご、ごめんなさい。でも、私も……」

急だったし、どうしようもなかったと訴えようとした矢先、千石さんが相好《そうごう》を崩した。あまりの驚きに、言葉も途中でなくなる。

すると、千石さんが「ふっ」と笑って言う。

「『苦かった』って？」

ぼーっとして理解が遅れる。直後、自分が赤面していくのがわかった。

きっと、私は私で千石さんからコーヒーの苦みを訴えようとしたと思われたんだ。

正直、そんなところまで感じられる余裕はなかった。聞かれてやっと、そういえばコーヒーの香りが微かにするかも……と思う程度で。

そんな質問、千石さんは意地悪するつもりで聞いてきたのかな……。いや、単純に思ったことを口にしただけな気もする。

「全然……大丈夫、です」

小声でぼそぼそと返し、徐々に顔を下げていく。過剰に意識しないようにと思っても、やっぱり恥ずかしさが勝った。

キスをしたあとって、どんな表情でいたらいいのかさっぱりわからない。なんなら、自分がどんな顔をしているかさえも。ううん、今は自分のことはどうでもいい。照れや混乱や……なにを差し置いても、まず知りたいのは彼の理由。

なぜ、私にキスをしたのかという――。

「あの……どうして？」

勢いだとか、弾みとか、そういう答えが返ってくるかもしれない。

いろんな覚悟をして、彼の回答を待つ。

「稀少なタイプの君のせいで、こっちまで予想外のことが起きた」

抽象的な答えにますます謎は深まる。

「それって、つまり……？」

少しずつ目線を上げていき、彼を見る。

「好奇心の目を向ける相手は俺だけでいいってこと」

千石さんの言葉は、全部自分に都合のいい解釈をしてしまいそうになる。

困惑して固まっていると、千石さんはさらに付け加える。

「俺も恵に興味を持ったって話だ」

瞬間、胸の奥が熱くなった。

千石さんも、私に……？

思いも寄らない告白に、喜びよりも驚きのほうが大きくてなんの反応もできない。

本当は別の意図で言っていることを、私が曲解していたりして。だって、こんな奇跡みたいなこと――。

現状に頭も心もついていかず、挙げ句に疑心暗鬼《ぎしんあんき》にまでなってしまう。

そのとき、ふいに腰に手を添えられ、さらにグッと引き寄せられる。

彼の身体が触れて密着状態。こんな体勢、目のやり場も手の置き場もない。

「放心してる理由はどっちだ？　喜びか、後悔か」

後悔だなんて。だけど、急展開に思うように口が動かない。

どうしたらいいの……？　これほどの近さなら、もしかするとこの信じられないくらいの大きな心臓の音が届いてしまうかも。

そろりと視線を上げていく。千石さんの喉元までいくも、ドキドキしすぎてそれ以上は動けない。二十四年生きてきて、こんなにも緊張したことはなかった。

現状に堪えきれなくなり、瞼を伏せてどうにか平常心を取り戻そうとした。その途端に顎を触られ、思わず目を開ける。

捕られた顎を上向きにされ、綺麗な瞳に意識を捕らわれた。

「俺、性格悪いから。気長に答えを待ってやれなくて悪いな」

意地悪く鼻で笑いながら言われても、これっぽっちも性格が悪いだなんて思わない。

ただ、新たに知る一面に胸が高鳴っていくだけ。

「でも、こんなところまで来て、俺に近づいてきたのは恵だろ？ 仕方ないよな」

千石さんは口角を上げてそう挑発するなり、私の顔に影を落とし始める。彼の高い鼻が頬を掠めるのを感じ、上擦《うわず》った声をあげた。

「あ……っ、ま、待って」

私の制止に千石さんはぴたりと止まる。

「千石さんこそ。もう一度……したら、私は都合よく解釈してしまいます……。後悔しませんか？」

一度目のキスで、すでに意識はもうそっち側に転がりかけていた。千石さんも、私と同じ、特別な感情を抱いてくれているって。

恋愛未経験な私のことだ。遊びだったとしても安直な考えに走ってしまうから。

けれど、経験のある男女なら、もしかして『事故』とか『ただの勢い』などで済ませる場合もあるのではないかなと、ギリギリのところで頭を過った。

だから、これは彼への気遣いでもあり、自分への防御線。

至近距離で見つめ合う。まるで時が止まっているみたいなのに、心臓は緊張で早鐘を打っている。

彼の表情の変化を見落とさずに見ていたら、わずかに口の端が上がるのを捉えた。

「くっ……。問題ない。こちらにも都合がいい話だ。これで恵は逃げられない」

彼は笑いを噛み殺しながら答えたのち、瞬く間に鼻先を交錯《こうさく》させる。そう自覚したときには、すでに二度目のキスを交わしていた。

ついさっき、意地の悪そうな笑い声を漏らしていた彼だけど、触れる唇はとても繊細でやさしかった。

帰宅後しばらくしても、私は飽きもせず、今日の出来事を反芻していた。

飽きるはずがない。だって初めてのキス。それも、相手は片想いをしていた人だったのだから。

この記憶をずっと仔細《しさい》に覚えておいて、胸の奥に残しておきたい。

あの瞬間の空気と見えていた情景と、少し苦い味がした、やさしい唇を。

今日を回想していく流れで、帰ってきてすぐに冷蔵庫へ入れたスイーツを思い出す。あのあと、持ち帰り用に保冷材も用意し、きっちり添えてくれていたとわかったのは帰宅してからだった。そういう些細な気遣いに、彼らしさを感じる。

几帳面で真面目《まじめ》な性格で、表現がちょっと極端なところがあって。それらは堅苦しく、ときに厳しい印象を与える場合があるのもわかる。だけど、やっぱり私は好き。言葉の選び方や口調に驚かされる部分はあれど、そこに嘘はない気がするから。

私は気心知れている人以外との会話のとき、構えてしまう。

表向きはにこやかで柔らかい雰囲気でやさしい言葉をかけられても、心の奥で違うことを思われていそうだなと感じる場面が幾度となくあった。私が葉山崎グループの親族だと知られている相手は、ことさらに。

もちろんその場では顔に出さずやりすごしてはいるけれど、心にずんと重しが乗ったみたいに気落ちする。そういう理由で、人が多く集まる場は疲弊するのが前提だから気が向かないのだ。

「やめやめ」

気づけば俯いていた顔を上げ、声を出す。

せっかく幸せな気持ちで帰ってきたんだから、余計な思考は捨てよう。

ベッドに座り、クッションを抱きしめると口元を埋め、さらに笑い声を漏らす。

そのとき、ドアをノックする音がして姿勢を正した。

「恵、そろそろお夕食よ」

「はい。今下りるね。ありがとう」

母の呼びかけに立ち上がり、クッションを直して部屋を出る。

リビングを通り、ダイニングに着くと、すでに父が着席していた。

「お父さん。おかえりなさい。今日は早いのね」

父が帰宅していたと気づかなかった。大抵帰宅は私と同じくらいの午後九時から十時辺りだから、この時間にはいないものだと思い込んでいた。

キッチンへ入り、食事の支度を手伝おうとしたときに母が言った。

「これから出張へ行くんですって」

「え？　そうなの？」

三人分のご飯をよそう準備をしながら、父を振り返る。

「学会に顔を出してくる。明日の午前中だからな。今日のうちに移動しておく」

「あ、明日土曜日だもんね」

医師が集まる学会は、土曜が多い印象だ。それから、久しぶりに三人で揃って食事をする。一番先に食べ終えたのは父で、慌ただしく席を立った。

「ところで恵は最近どうなんだ」

突然の質問に、頭の中はいろいろと巡ったものの、取り繕って答える。

「特に変わりないよ」

父は私が社会人になって以降、顔を合わせた際に、こうやってときどき同じ言葉を投げかけてくる。親族含め父自身も医学の道へ進むのが当然として育ち、生活しているから、未知の世界にいる私を心配しているのだと思う。

けれども今日は、食事中からなんだか雰囲気がピリッとしているのを感じていたため、嫌な予感がしていた。

「はあ。だろうな。家と職場の往復じゃ、生活にハリも出なくなるだろう」

「そんなこと……」

「しまいには、どこぞの書道家と一緒になるとか言い出さないだろうな」

嫌な予感が的中し、怪訝《けげん》な顔つきで言われた内容にショックを受ける。

「お父さん、そんなふうに言わないで。ね？」

絶句している私の代わりに、母が間に入ってくれた。

その後、母も食事を一時中断し、父と一緒にダイニングをあとにして出張の準備を手伝いにいった。十数分後、玄関ドアの開閉音が聞こえる。

父を見送った母が、再びダイニングに戻ってくるなり謝ってきた。

「ごめんね、恵。お父さん、最近ちょっと気持ちに余裕がないのよ」

「そうなの？　仕事で？」

ほかの家庭がどういう感じかはわからないけれど、我が家では父は私に込み入った話はしてこない。もし私が……父と同じように医師になれていたら違っていたのかな。

私と年齢がわりと近めのいとこたちは、みんなごく自然に医学の道に進み、現在葉山崎グループ内の病院にそれぞれ配属されている。

みんなの活躍は、親族の集まりのときによく耳にしている。そのたびに、役に立てない自分を不甲斐ないと思うと同時に、罪悪感にも似た気持ちを抱いてきた。

「そうみたいね。特に大変なのは葉山崎ホスピタルの経営なの」

「えっ。それは……全然知らなかった」

葉山崎ホスピタルは、設立してもうすぐ七十五年。地域がん診療連携拠点病院、臨床研修指定病院など多くのものを取得してきた。……と、その程度は知識として備わっている。だけど、経営実態となるとさっぱりだ。

「恵には直接関係はないことだしね」

母がさらりと言った言葉に胸が痛んだ。

「それより、恵はなにかいいことでもあったんじゃない？　表情が明るいし、ケーキも買ってきてたでしょう？　なんのお祝い？」

「あ。あれは……いただきものなの」

「そうなの？　篁先生？　あら、でも今日はお休みの日よね」

母が頬に手を添えて首を傾げる。

どうしたらいい？　この流れで千石さんのこと、さらっと話す？　だけど……。

「ううん。別の人！」

結局ごまかしたのは、恥ずかしいからではなく、父に〝私の結婚〟のレールが敷かれていたことを思い出したから。

千石さんを想って追いかけることに必死で、そこまで頭が回っていなかった。

これまで、父の希望に適う相手と結婚するのかなって、どこか他人事だった。心を惹かれる人と出会っていなかったから、実感がなかった。

だけど、自分の胸の中にいる人がはっきりしている今、父の決めた男性と……だなんて考えられない。とはいえ、正面切って『付き合っている人がいる』と言う勇気も持てなかった。

第一千石さんに、いきなり結婚について意思確認できるわけがない。

「あら、そうなの？　いつも篁先生か和香奈ちゃんしか話を聞かないから」

あっ。そうだ、和香奈！

「お母さん。私、和香奈に電話しなきゃ。ケーキ、そのあとで一緒に食べよう？」

「あら、うれしい。じゃあ、美味しい紅茶用意して待ってるわ」

「うん」

それから部屋に戻り、ベッドに浅く腰を下ろした。ベッドのコンセントから充電していたスマートフォンを手に取り、コードを抜く。その瞬間、手の中のスマートフォンが振動した。ディスプレイには【和香奈】の文字。

「もしもし、和香奈？」

窺うように問いかけると、和香奈は畳みかけるかのごとく、話し出す。

『待てど暮らせど報告がないから。いや、私だって初めは黙って見守ろうと思ったんだよ？　でもさ、あそこまで首を突っ込んだら、その先だって気になるじゃん！』

やっぱり想像通りの用件だ。今日はどうだったのか、すぐに連絡をせずにいたから。

「うん、そうだよね。ごめんね。今連絡しようと思ってたの」

申し訳ない気持ちで頭を下げていると、和香奈は急にごにょごにょと言い始める。

『そのさ。まだ話せる心境じゃないとかも、あるとは思う。だから、無理にとは』

「あっ、大丈夫だから。えっと……いい報告だと思う……から」

きっと、和香奈は千石さんとの関係がだめだった場合、落ち込んでいるとでも思って遠慮がちに言ってくれたのだと感じた。だから、まずは『いい報告』と伝えたのだけれど、和香奈からの反応がない。

「和香奈？」

『やっ……たあああ!!』

いきなりスピーカーの向こう側から聞いたことがないほどの高い叫び声があがり、咄嗟にスマートフォンを耳から離した。すると、和香奈の興奮気味の話し声が聞こえてきて、耳に当て直す。

「和香奈のおかげ。ありがとう」

私の想いが叶ったのを、こんなにも喜んでくれる友達がいてくれることがうれしくて、私はこっそりとうれし涙を拭った。

いつまでもふわふわした気持ちではいけない。浮ついた心を、きちんと引きしめる。

今日は書道教室の日。先生はもちろんいるけれど、ひとりじゃ生徒さん全員を回りきれないため、フォローをして回るのが私の仕事だ。

土曜日の生徒さんは、比較的大人が多めで子どもが少ない。細かく手をかけることもないため、平和に時間が過ぎていく。

筆を持つ生徒さんたちの作品を眺め、千石さんに言われた言葉を思い返していた。

私の名刺を見て、繊細で強さも兼ね備えた字だと言ってくれた。そういうふうに感じてくれたんだと驚いたし、うれしくもなった。

もっと一緒に過ごしたい。『いつでも来ればいい』と言ってはくれたものの、どれくらいが常識の範囲内なのかわからない。昨日伺ったから、次は最低でも三日くらい空けたほうがいいのかな……。

胸の内で『うーん』と唸り、はたとする。

常識は参考程度にはなっても、正解ではない気がする。一番重要なのは、一般的な答えではなくて千石さんの答えがどうかによる。だったら、ますますわからない。これればかりはひとりで考えても仕方がないし、今度直接聞こうかな。

ふと、当たり前のように〝今度〟があることに、自然と頬が緩む。

「恵先生」

「あっ、はい。なにか質問ですか?」

ふいに生徒さんのひとりに名前を呼ばれ、ドキリとする。仕事中にもかかわらず、別のことを考えていた自分に心の中で叱責した。

頭を切り替え、膝を折って話を聞く態勢を取る。

「この字なんだけど、どうにもうまく書けないの」

「はい。では、一緒に書いてみましょうか」

そうして、その年配女性の背後に立ち、手を重ねてゆっくり筆を動かす。何度か同じ動きを繰り返し、手を離した。

「先生の手って不思議ねえ。少し添えてもらっただけなのに、見違えるんだもの」

「そう仰っていただけるとうれしいです。長く続けてきた甲斐があります」

女性は半紙をじっくり眺めて、にっこりとしながら私を見上げる。

「恵先生、なにかいいことでもあった?」

「どうしてですか?」

ズバリ当てられて動揺するも、周囲にほかの生徒さんもいるため、冷静に反応した。

「字がね。なんだかこう、弾んでいる感じがするのよ。いつもよりもね」

「字が……?」

指摘されて、今一度、書いたばかりの文字を見る。

言われてみたら、そう見えなくもないかも……？

「というかね。字を見なくても、今日の恵先生の顔、いつもにも増してニコニコ顔だから」

こっそりと耳打ちされた内容に、途端に恥ずかしくなった。

まるで子どもじゃない。そこまで感情をダダ漏れさせているなんて、気づきもしなかった。

「すみません。お仕事中なのに、私ってば」

「やあね。文句をつけているわけじゃないのよ。こっちまでなんだかうれしくなってしまうわ。おかげさまで、今日は明るい気持ちで過ごせそうよ」

女性は目尻に皺を作り、やさしい表情で私の手を握った。

「いえ、なんか本当にどうお答えしていいか……。そんなふうに思ってくださり、ありがとうございます」

そんなことがありながら、今日一日を大きなトラブルやミスもなく無事に終えた。

最後の生徒さんを見送って、「ふう」とひとつ息を吐く。

さあ、残るは後片づけ。手早く済ませて、帰り道の電車で千石さんへメッセージでも送ってみようかな。千石さんとメッセージのやりとりってしたことがないけど、返事くれるかな。

片づけはルーティンだから、頭が別のことを考えていても身体が勝手に動く。

黙々と折りたたみテーブルを拭き終えたときに、背後から声がする。

「お疲れ様」

「ひゃっ、せ、先生！」

「考えごと？　そんなに驚いて」

今はもう私と先生としかいないのだから、声をかけられたとするなら先生しかいないのに、確かに驚きすぎだった。

「いえ。ちょっと、ぼーっとしていました」

笑ってごまかすと、ジッと見つめられる。昔から私をよく知る先生だ。私が仕事以外のことを考えていたのもお見通しだったのかも。

先生は視線を外し、折りたたみテーブルの脚をしまいながら言う。

「そう。だったら、今夜は自宅まで送り届けたほうがよさそうだね」

「えっ。そんな。平気です」

「なにかあってからじゃ遅いだろう？　ほら、片づけ終わらせてしまおう」

先生の笑顔に押され、結局私は先生のお言葉に甘えることとなってしまった。

あのあと、片づけを終えてすぐ先生が車を出してくれた。

車で約二十分の距離。道中、たわいのない会話を重ねていたが、自宅までもうすぐのところで先生が新たな話題を振ってきた。

「来週、恵ちゃん誕生日だね」

「え？　あっ、言われてみたら……そうですね」

二十五歳の誕生日。もうすぐなのに、完全に忘れていた。

「忘れてた？」

「はい。すっかり」

自分の誕生日の存在すら薄れるほど、千石さんのことばかり考えてたんだなあ。そんなこと、千石さんが知ったらなんて言うんだろう。

「それほど今、ほかになにか別の事柄が頭の中を占めてるということかな」

「え……？」

思わずハンドルを握る先生を振り返った。

今の口ぶりだと、全部見透かされている感じがした。確かに、気づかれていてもおかしくはないかもしれない。今日だって、生徒さんに指摘されたくらいだ。

でも、さすがにその内容までは把握されてはいないはず。とはいえ、これ以上踏み込まれたときに、どうやって対応しよう。

焦りを抱いていたら、自宅前に到着した。一時停車させた先生は、ハンドルから手を離してこちらに顔を向ける。

「その日は日曜だけど、ちょうど体験イベントがある日だし、夜どこか食事へ連れていきたいな。いつも頑張ってくれているお礼も兼ねてお祝いに」

突然の誘いに目を瞬かせる。

「ええと、その日は……」

言いかけて迷いが生じた。

これまで先生は、私の誕生日にお花だったり文房具だったりと、ささやかなプレゼントをくださっていた。でも、一緒に食事を……？　それもふたりきりでディナーを、というのは初めてだ。

先生に限って、なにかあるとは思いはしない。けれど誕生日って、想い合っている相手がいたら、きっと特別な日として過ごすよね……？

ただ、誕生日は仕事の予定だし、そもそも千石さんは私の誕生日を知らない。自ら誕生日が近いと話すと、お祝いを催促《さいそく》しているみたいだ。だからといって、恩師とはいえ、ほかの男性とふたりきりで過ごすのも違う気がする。

「先約があった？」

先生がまっすぐな瞳で目を覗き込んでくる。

「ごめんなさい。ちょっと……。家族で予定が」

私は作り笑いで苦し紛れの嘘をついた。良心が痛む。先生、ごめんなさい。

笑顔を見せるのが苦しくなってきたとき、先生は苦笑する。

「そっか。残念」

「……すみません」

先生の目を見られなくて、視線を落としながら謝った。なんともいえない気持ちで、ぎこちなく挨拶を続ける。

「あの。わざわざ送っていただき、ありがとうございました」

ドアハンドルに手をかけると、先生が言う。

「気にしないで。恵ちゃんと少しでも長くいられて、僕もいい時間を過ごせたから。じゃあ、おやすみ」

車を降りて、動き出す車に一礼する。遠く離れて見えなくなると、思わず息を吐いた。肩の力が抜けた直後、思い出す。

「そうだ」

電車の中で、千石さんにメッセージしようとしていたんだった。今は……九時四十分。まだ大丈夫だよね？　迷惑な時間じゃないよね？　とにかく、家に入ろう。

玄関に入り、「ただいま」と靴を脱いで洗面所へ向かうところに母がやってきた。

「恵、おかえりなさい。お夕飯の準備しようか？」

「ううん。自分でするから、お母さんはもう休んでて。いつもありがとう。ちょっと急ぎの用があるから、一度部屋に行くね」

「そう？　わかったわ」

手を洗いながらそう伝えて、私は急いで二階へ行く。部屋に入るなりバッグを無造作に置いて、ラグの上に腰を下ろした。もちろん、手にはスマートフォン。

メッセージ作成画面を開き、指が止まる。

まずは、やっぱり定型でもある【お疲れ様です】からでいいかな。次は【先日はありがとうございました】……？　【美味しいお茶とスイーツをごちそうさまでした】？

なんだか、そのまま堅苦しいビジネスメールになっちゃいそう。

スマートフォンと向き合い、「んん～」と唸る。

そうかといって、和香奈へ送るメッセージとは違うし。敬語は必須だよね。しかも、次の約束を取りつける内容を盛り込もうとすると、思った以上に難しい。

初めからなんでも完璧にはできない。とにかく、なにか送ろう。そうだ。文面はどうしても堅苦しい言い回しになるだろうから、せめて最初の挨拶をスタンプで……。

あっ。そもそも千石さんとは、トークアプリでは繋がってないんだった。

ひとり脳内であれこれ騒がしく考えていると、ディスプレイの表示が変わる。それを見て、目を見開いた。

千石さんからの着信だ。まさかこのタイミングで！　連絡を取ろうと思い立ったのが自分だけではなかったことがうれしくて、顔がにやける。

「はい。もしもし」

喜びをちょっと抑えて、平静を装って電話に出る。

『今、電話していても』

「大丈夫です！」

感情を出しすぎないよう制御していたのが一瞬で崩れ、前のめりで返答してしまう。

ひとり恥ずかしさが湧き上がってくるも、電話口の彼は『そう』と冷静だった。

『昨日の今日で申し訳ないことを言う。来週、隙間の時間でもいい。顔を出してくれないか。急な出張が入った。月曜から金曜いっぱいまで』

千石さんからの用件は、私が連絡して伝えようとしたこととは違っていた。

「出張、ですか？」

『出張自体はよくある。でも今回はイレギュラーというか、代わりに行くことになって。まあ、シッターに頼めばいい話でもあるんだが……その』

千石さんが急に黙るものだから、私は気になってスピーカーに耳を押し当てて続きを待った。すると、彼は少し間を置いてから、ぽつりと言う。

『恵がいいんだ。そう……〝しち的に〟も』

思いがけない言葉をもらい、思わずその場に立ち上がって答える。

「私は構いません。うれしいです、また会えるのが」

元々動物と触れ合うのは好きだし、頼られることがなによりもうれしかった。欲を言えば、千石さんとも会えたらよかったけれど、仕事なら仕方がない。

『助かる。礼はまた後日……』

「いえ！　それは、もうこの間ので十分ですから」

そもそも、お礼欲しさで手を挙げたわけではなかった。純粋に仔猫を案じ、千石さんの力にもなれたらと思っただけ。

しかし、私が断るなり電話口が再びしんとしたため、遠慮しすぎも印象悪かったかと不安になる。そのとき。

『ああ、そうだ。今度あいつに必要なものを買い足したいから付き合ってくれ』

別の誘いを受け、ドキドキしつつふたつ返事で了承する。

「それは、もちろん。ぜひ今度ご一緒させてください」

『じゃ、そのときにでも、まとめて礼をする』

間髪いれずに言われた言葉に、初めからここを着地点とするための誘いだったのかもと思い、ますます胸が高鳴った。

千石さんは、その後すぐ『じゃあ』と言って、通話を切った。

待ち受け画面に戻ったスマートフォンを見て、頬を緩ませる。

千石さんと連絡を取り合える関係に発展したこと。そしてなにより、次の約束ができたことに、心が満たされていた。

週明けから、私は依頼通り毎日千石さんのマンションへ足を運んだ。

月曜日には、四回の食事のうち二回はドライフードになったとメモが残されていた。前に話していたドライフード用の自動給餌機を購入したらしく、長時間の留守もこれで対応はできているみたい。動物病院の看護師さんからの助言もあり、残りの二回の食事は極力ウェットタイプのフードをチョイスしているとも記載があった。きっと、ウェットタイプは水分補給もできるからオススメされたんだろう。

しーちゃんは、毎回ゴハンをきちんと平らげていた。食欲は健康のバロメーターだから、空になったお皿を見るのは私にとっても安心するものだった。

そうして、あっという間に金曜日を迎えた。

その日は仕事が休みだったのもあり、私は千石さんのマンションで一日を過ごしていた。

ノートパソコンや本などを持ち込んで、事務仕事をちょこっとしては、読書をし、合間にしーちゃんの姿を眺めてゴハンを準備する。とてもゆったりと贅沢《ぜいたく》な時間を過ごさせてもらっていた。

午後七時になる頃、空になったお皿を下げながら声をかける。

「今夜には千石さんが帰ってくるよ～。うれしいでしょ？」

しーちゃんは、お気に入りのベッドの上で丸まって目を閉じている。だけど、ほんの少し耳がピクピク動いたのを見た。

私の言葉を聞いてはくれているはず。それに、ちょっと前ならすぐ走って隠れていたのに、こうしてその場から動かずにいてくれるだけ進歩だ。

「ごめんね。私はそろそろ帰らなきゃ」

そう伝えて折り曲げていた膝を伸ばし、お皿をキッチンへ運ぶ。片づけを終え、ダイニングテーブルで、この数日間の様子をノートの一ページに簡潔に書き残した。それをミシン目に沿って破り、冷蔵庫に貼りつける。テーブルの上だと、もうしーちゃんが届く可能性があるから。

あわよくば一瞬でも千石さんに会えるかもと思っていたけれど……会えなかったな。思えば帰宅時間も、なんなら出張先がどこかも聞き忘れている。

電話やメッセージで聞くことはできたけど……緊急ではない内容だし、仕事の邪魔かもしれないと気が引けて遠慮してしまった。

それに、千石さんは端的に必要事項だけを話せばいい人っぽい気がして。

私も男性とのお付き合いは初めてで余裕がないし、電話はおろかメッセージひとつですごく緊張するから、今はこのままで十分。千石さんがいなくても、彼の部屋にいられること。それだけで胸がいっぱい。

それに、〝次〟の約束はもうあるのだから。

軽い足取りでマンションをあとにした私は、徒歩五分の最寄り駅に到着した。改札をくぐろうとしたところに、着信が入る。

母からかな？　と思い、一度脇によけてバッグの中からスマートフォンを取り出した。発信主の名前を見て驚く。

「も、もしもし？　千石さ……」

『今どこ』

「え？　ええと、青山一丁目駅《あおやまいっちょうめ》に」

『ああ、いた』

振り返ると千石さんの姿。しかも、額にはうっすらと汗の粒が浮かんでいて、少し息が弾んでいる。

ずっと、冷静で動じない姿しか見てこなかった。彼のこういう姿を見るのは貴重だ。新たな一面に思わず見入っていると、千石さんは再び踵を返し、こちらを一瞥する。

「車で送る。行くぞ」

「えっ？　あ、でも、電車でもそこまで時間は変わらないですし。なにより、出張から戻ったばかりでお疲れでしょうし」

しどろもどろになりつつ、彼の負担になりたくない気持ちでどうにか伝える。すると、千石さんは私との距離を詰め、ガッと手を掴んできた。

思いも寄らない行動と力強い手に驚き、彼を見上げる。

「うるさい。余計な遠慮はするな」

言うや否や、私の手を引いたまま地上への出口へ向かっていく。私は掴まれている手を振り解こうとはしなかった。

なぜなら、彼の言葉は、恐怖を感じたり、委縮させられるものではなかったから。

不思議とわかる。知らない人が聞けば、強引で威圧的だと感じるかもしれない。でもそうじゃない。千石さんは照れ隠しでぶっきらぼうな言い方をしてしまったんだ。

だって、汗を浮かべて走ってきてくれたことがなによりの証拠。

千石さんの手を受け入れた状態で歩く。横断歩道の赤信号で停まったタイミングで、スッと離れていった。

おもむろに視線を上げた拍子に、千石さんと視線がぶつかる。

「駅から自宅まで歩くことを考えたら、車のほうが若干早く着くはずだ」

千石さんが言い終えたと同時に、信号が青に変わる。先に行く彼に、私は一歩遅れてついていく。

「そうかもしれませんね。ありがとうございます」

千石さんの背中にお礼を伝えたものの、彼は特に反応を見せない。

聞こえてはいたはず。千石さんの場合は、無反応は必ずしもマイナス感情というわけではない。

私は歩調を早め、ちょうど横断歩道を渡り終えたところで右手を前に伸ばした。さっきまで私の手首を掴んでいた大きな手を、今度は自ら掴みにいく。しかし、実際に掴めたのは、彼の小指だけだった。

触れているのは、たった指一本。けれども、手のひらは熱いし、心臓がドクドクいっている。

足を止めた千石さんを、緊張いっぱいの状態で様子を窺う。

初めは、鳩が豆鉄砲を食らったような顔と表現するのがしっくりくる反応をして、そのあとはどこか照れくさそうな、困った表情を一瞬浮かべる。そして、すぐ正面を向いてしまった。

咄嗟に指先を掴んだものの、振り払われたらどうしよう。

徐々に不安が大きくなっていき、この手をどうすべきか悩んでいた次の瞬間、手を繋ぎ直される。

千石さんは相変わらず前を向いていて表情は確認できない。でも、私の手をちゃんと握ってくれていた。

この大きな手から、やさしさが伝わってくる。

来た道を戻り、マンションの駐車場へ向かう。

地下駐車場へは初めて足を踏み入れる。

ひんやりとした涼しい空間に整然と並んでいる車は、どれも綺麗に管理されていて、さながら高級車のショールームを回っているようだった。

千石さんが足を止めたのと同時に、そばにある彼の愛車に気づいた。

「この車、めずらしい色ですよね。私、好きです。舛花色《ますはないろ》に似てる」

「舛花色？」

「まさにこういう灰みがかった深い青色で、お着物や帯締めでもときどき見かけます」

決して目立つわけではなく落ち着いた色合いなんだけど、白や黒、グレーなどよりも個性的な色味で心惹かれる。

「俺も好きだ」

ふいに返された言葉にドキッとした。

彼を見ると、車に目を向けている。

「この色。市場《しじょう》ではあまり人気ではないらしいがな」

千石さんは皮肉めいてそう言ったあと、スッと手を離した。私は思わず離された手を胸に当てる。

びっくりした。直球な……『好きだ』なんてセリフ、千石さんの口からそうそう聞けるものではないとわかっているのに。一瞬自分に向けられたものと思っちゃった。

助手席に乗り込んだあとも、まだ心臓がドクドクいっていて、こっそり深呼吸を繰り返す。

『好き』などと明言してもらえなくても構わない。少しずつ私への興味や気遣いが感じ取れるもの。こうやって、今も私を隣に乗せてくれているように。

駐車場を出てから、前方を見たまま問いかける。

「あの、今回のお仕事はどちらまで？」

「沖縄《おきなわ》」

「沖縄だったんですか！　いいですね、沖縄！　私、子どもの頃にしか行ったことなくって。綺麗な海を眺めたいです」

南のリゾート地に思いを馳せている途中、はたとする。

「あれ？　じゃあ空港からここまでは……」

交通機関だったら、さっきの駅を利用すると思うのだけれど。

「資料重いし、車内で仕事もできると思ってタクシーを使った。でも今日は想定以上に道が混んでて、恵とすれ違いになりかけた」

「あ。それで駅に来たときには荷物を持っていなかったんですね」

「コンシェルジュに確認したらついさっき鍵を返却されたと聞いてすぐ、そのまま荷物を預けて駅へ行ったからな」

説明は淡々としているものの、その内容にくすぐったい気持ちになる。

自宅に着くまで、しーちゃんの五日間の様子を報告がてら延々と話した。

元々ペットの話題は好き。でも今は、半分は平常心を保つためでもあった。

千石さんを好きだと自覚し、本人へも伝えてひとまず受け止めてもらっている状況下で、車内にふたりきり。以前、動物病院から送ってもらったときとはわけが違う。

あの日以上にドキドキするのは当然のこと。

だから、慣れない話題に対応できる自信がなかったのだ。

そうこうしているうち、自宅前に到着した。

私はシートベルトを外して身体を千石さんへと向け、感謝から深々頭を下げる。

「お疲れのところ、本当にありがとうございました」

姿勢を戻すと、千石さんは真剣な面持ちでぽつりとこぼす。

「……駅に迎えにいって、あのまま家に連れ帰ってもよかったな」

意味深な言葉にドキッとする。

さらに彼は、おもむろに私の髪に触れた。

「せ……千石さん？」

どぎまぎしている最中、千石さんは指で私の髪を遊ばせながら、ふいに目をこちらに向ける。

「今度、行くか」

「え？　どこに……」

「綺麗な海を見たいんだろ。沖縄でもハワイでもセブ島でも、どこでも好きなところ」

ふいうちの誘いに、思わず千石さんを凝視する。

さっきのなにげない会話から、そんなふうに言ってくれるなんて。

彼と旅行をするだなんて、信じられない話。想像だけで緊張するし、胸がときめく。

「ふふ。どこでもだなんて、贅沢ですね」

実現しようがしまいが、そんな言葉をかけてくれただけで十分心が満たされる。

抑えきれないうれしさに、頬が緩む。笑い声を漏らしていると、千石さんは私の髪から手を離した。その瞬間に目が合って、気づけば唇を重ねられていた。

突然のキスに戸惑いつつも、私はそれに応えた。

お互いにぎこちなく距離を取り、ドキドキする胸にさりげなく手を添える。

面映ゆくて千石さんの顔が見られない。

「恵。明後日の予定は？」

「明後日は仕事が……。あ。でも、夜になる前に終わると思いますが」

まだどこか落ち着かないながら、平静を装って答えた。

明後日の日曜日は、観光客向けの体験イベントの日。いつも夕方にイベントが終わり、後片づけをして……夏なら明るいうちに帰れる。

「なら、仕事後の時間をもらっても？」

「え？　ええ。構いませんが……」

そうして車を降り、ドアを丁寧に閉めた。すると、ウインドウが下がり、千石さんが覗き込むようにしてこちらを見上げる。

「また連絡する。五日間、助かった。じゃあな」

疾風のごとく去っていく車を見て、立ち呆ける。

この胸の速い鼓動が落ち着いたら家に入ろう。

そう思うもなかなか落ち着かず、結局しばらく門柱の前で彼との時間を反芻していた。

「わあ、Great! お上手です！」

小さな拍手とともに笑顔で伝えると、カナダから観光旅行に来ている女性がうれしそうにはにかんだ。

日曜日を迎えた今日、教室へやってきたのは今の女性を含む三人家族と、もうひと組、四人家族のグループ。そして、若い男女ペアの三組。

和気あいあいとした雰囲気で、みんな書道を楽しんでくれていた。

それぞれ完成させた作品を乾かし、あとは台紙に貼ってプレゼントにする。

床に並べてある作品の状態を、膝を折って確認していると、クイクイと服を引かれた。振り返ると、カナダから来た五歳の男の子。

どうやら自分の書いたものが気になってこちらまで来たみたい。

「Just a second. あとちょっとだけ」

もう少し待っていてねと伝えると、男の子はこくりと頷き、ママのところへ戻っていった。

微笑ましく見ていたら、ママが男の子の手を掴んでなにかを話している。そして、アトリエに用意していたウェットティッシュを使って拭き始めた。瞬間、ぎくりとしてさっき掴まれた部分を確認する。

あ～……油断していた。しっかりと服に墨汁《ぼくじゅう》の汚れがついている。

内心がっかりはしたけれど、男の子に対してなにか思うわけではなかった。

そもそも、いつもだったらほぼ黒か紺色のコーディネートにしているのに、今日に限ってこのあと約束があるからと、迷いつつも水色のトップスを着てきてしまった。

なんなら、髪型だって……。いつもならそのままひとつに結ぶだけなのに、毛先を巻いてハーフアップにしてきちゃって。

どうしよう。このあと、千石さんと待ち合わせをしているのに。一回家に帰る？　そんな時間あるかな。いやでも、これはさすがに……。

「恵ちゃん、どうかした？　わ。服、汚れてるじゃない」

不測《ふそく》の事態に動揺して、先生がそばに来ていたことにも気づけなかった。

「えっと、大丈夫です」

先生に指摘されてたじろぐも笑顔で返した。先生は男の子が手を拭いているのに気づき、大体の経緯を予測したのか、こっそり私に耳打ちをする。

「それ、僕が買い換えるから」

「とんでもないです。私の不注意だったので」

「だけど、仕事中のことだろう？」

先生は平然と言ってのける。

仕事中の出来事ではある。だけど、今日この服を選んだ私にも非はあるし、まして先生に原因はひとつもないのに受け入れられる話じゃない。

もう一度丁重に断ろうと口を開いた矢先、体験参加者に声をかけられた。私と先生は同時に振り返り、先生が先に笑顔で対応する。

先生は参加者のもとへ向かう直前、「あとでね」とささやいた。

離れていった先生を横目に、困ったな……と思いながらも作業に戻る。

作品を一枚一枚丁寧に台紙に貼りつけながら、頭の中でぐるぐると考える。

先生からの申し出もさることながら、なによりも千石さんとの約束をどうしよう。

午後六時に、ここから近い田園調布《でんえんちょうふ》駅で待ち合わせ。仕事は五時過ぎには終わると思う。駅まで約十分。自宅までは……三十分。着替えて往復したら、約束の時間には遅刻する。

「はあ」

私は周りに気づかれないくらい小さなため息をこぼし、自分の失態を嘆いた。

その後、無事に体験イベントは終了。にぎやかだったアトリエも、今はしんと静まり返り、庭の木が穏やかな風にそよぐ音がここまで聞こえてきそう。

壁に掲げたコルクボードに、ピンをさす。今日集まった参加者全員で撮影したスナップ写真を飾ったのだ。

「よし、と」

これで片づけも雑務も終わり。先生は……どこか行っちゃったかな。この辺には見当たらない。

周囲をキョロキョロ見回して、こっそりバッグからスマートフォンを出す。

仕事は終わったし、あとは先生に報告して帰るだけだから少しだけ……。

とにかく一秒でも早く千石さんへ連絡を入れたくて、急いでメッセージを作成する。

【すみません。まだ職場なのですが……。今日、少しお約束の時間を遅らせていただいてもいいでしょうか。服が汚れてしまったので一度帰宅したくて。連絡が遅くなり、本当にごめんなさい。一時間遅れくらいになると思います】

カーソルが点滅するのをジッと見つめる。

申し訳なさが募るけれど、この格好で隣を歩くのも迷惑をかける。

そのメッセージを送信した直後、先生が戻ってきた。慌ててスマートフォンをバッグにしまう。

「お疲れ様でした。片づけと、明日の準備も終わりました」

「ありがとう。いつも仕事が速くて助かるよ。はい。これ、どうぞ。僕ので悪いけど」

「え？」

ふいに差し出されたものは、先生のものらしきTシャツだった。

汚れた服の替えとして貸してくれたのだと察し、丁重に断る。

「お気遣いありがとうございます。でも、腕を大きく動かさなければ少しは隠せますし、このまま一度戻って着替えますから」

「このあと、まっすぐどこかで待ち合わせしてるんじゃないの？　今日はいつもより可愛い服だったから、てっきりそう思っていたけど」

「えっ」

鋭い洞察力に狼狽えていると、先生はさらに言った。

「誕生日は家族と、って前に言っていたもんね」

瞬間、衝撃を受ける。

誕生日！　そうだった！　今日は私の誕生日だ！　とにかく今日の約束で頭がいっぱいで、日付を気にもしなかった。

「あ、そうだ。待ち合わせってどこに何時？　このあと僕が新しい服をプレゼントして、そのまま送り届けようか。ご両親にもしばらくお会いしていないし、いつもお世話になっている挨拶だけでも」

「あっ、えーと、それは……ちょっと」

私の歯切れの悪い反応に、先生が首を捻りこちらを見つめる。

自分が不審な態度を取っている自覚はある。

そもそも、前に誘っていただいた際に変に嘘をついて断ったりしたのがよくなかった。どんなことであれ、やっぱり人には誠実でなければいけない。こうして困っているのも、完全に身から出た錆《さび》だ。

心から反省し、先生と正面から向き合って深く頭を下げる。

「ごめんなさい。実は家族との約束ではないんです」

こんなの……信用を失うことだ。いくら仕事とは関係ない事柄といったって、相手の印象には影響する。まして、これまで長らくお世話になってきた先生相手に……きっと傷つけた。幻滅された。

頭を下げ続けている私に、先生はぽつりと尋ねる。

「え……じゃ、誰と……」

「お付き合いしている人が……。咄嗟に嘘をついてしまい、申し訳ありませんでした」

重ねた自分の手をぎゅうっと握り、声を絞り出した。

先生は、顔を上げられずにいた私の頭にそっと触れる。私は固く閉じていた目をおもむろに開け、それからおずおずと姿勢を戻した。

「そう。いや……。なんとなく気づいてはいた。ここ数日、様子がいつもと違うから。それと、つい隠してしまう心理もわかるよ」

理解してもらえると心は多少軽くはなるけど、同時に気恥ずかしくもなった。

「どんな人か、聞いてもいいかい？」

先生は親心に似た心境で質問しているのだろう。心配をかけたのは私。嘘をついたから余計に。

だから、きちんと説明して安心してもらうのが理想的だとは思う。

けれども、私自身のことならいくらでも伝えられても、千石さんについてはどこまで話していいものか。少ない情報をかき集めて推し量ったところで、この手の正解はわかるはずもない。

言葉を詰まらせているとき、ガタン、と音がした。私と先生は音のするほうへ視線を向ける。

「あ、スマホか。バッグから落ち……」

先生の言葉で、デスクの上に置いていた私のバッグからスマートフォンが滑り出たのだとわかった。そして、今もデスクの上で振動を続けている。

ハッと我に返り、振動は音声着信で相手は千石さんだと気づくも、出遅れる。

先生が先にデスクに近づき、デスク上を微妙に移動するスマートフォンを手にした。

「千石……？　って……」

驚愕《きょうがく》した表情でつぶやく先生の雰囲気から、なんだか言葉をかけづらい。

「まさか、恵ちゃんの相手って、あの彼なの？」

先生は着信履歴が残るスマートフォンを見つめ、尋ねてきた。

ゆっくりこちらに顔が向けられ、目が合う。私は首を縦に振るだけ。

今ばかりは静まり返るこの空間が居心地悪く、そそくさとバッグを持ち、先生へ両手を差し出した。すると、先生はスマートフォンを、そっと返してくれる。

「先生、すみません。片づけも終わり、時間も過ぎましたので失礼させていただきます。お疲れ様でした」

早口にならないように告げ、お辞儀をする。玄関までは無意識のうち早歩きになってしまい、心臓はバクバクいっていた。

靴に足を通し、引き戸を開けて外に出る。飛び石に沿って歩いていき、門を引き開けた。視線を上げると、そこには——。

「えっ……」

門扉の向こう側に、一台の車が止まっているのに気づいた。

車の色は、見覚えのあるブルー。っていうことは、もしかして……。

思いがけない状況に混乱していたら、後ろから腕を掴まれ驚倒《きょうとう》する。

「恵ちゃん！」

追いかけてきた先生は私の腕を引き寄せた。扉は私の手が離れると、ゆっくり閉まっていく。

情報処理が追いつかない。対処の順序や方法も。今はとにかく……この手を離してもらわないことにはどうにも動けない。

先生を振り返り、向き合うや否やふいに抱きしめられた。

「僕、やっぱり放っておけない。あの人とは……やめておいたほうがいいと思う」

「……どうしてですか？」

なにも知らないのに、と、胸の中がざわつく。

もっと冷静でいられたなら、先生の発言も理由はさておき、『私のためを思って言ってくれているのかも』程度には受け止められたかもしれない。

しかし、今はいろんな状況が重なっていて、到底冷静ではいられなかった。

「前に彼を知ってると話したときは直接的な表現を控えたが、千石怜という男は切れ者でも、非情で冷酷だと」

先生は腕に力を込め、固い声色でそう話し、さらに続ける。

「彼を選ぶくらいなら、いっそ僕でも――」

「失礼」

音もなく扉を開け、先生の言葉を遮るように発したその声の主は……。

「千石さん！」

今、ここに千石さんが来てくれて内心ほっとした。

当然、先生は話の渦中《かちゅう》にある本人の急な登場に驚きを隠せない様子。

千石さんと目が合った瞬間、自分が今どんな体勢かを思い出し、すぐさま先生の腕から離れる。気まずい気持ちで彼の顔色を窺った。

千石さんは、特に気にも留めていない様子。余裕綽々《しゃくしゃく》といった雰囲気で、微笑すら浮かべていた。

「断りもなく勝手に門をくぐってしまい申し訳ありません。わたくしの名前が聞こえてきたものですから、思わず」

柔和な表情の千石さんに話しかけられた先生は、強張ったまま。私もまた、緊迫した空気をひしひしと感じ、身動きができなかった。

そんな中、千石さんだけが変わらず優雅に挨拶を続ける。

「わたくしをご存じのようですが……一応礼儀として。ホテルスノウ・カメリヤ東京、統括事業部支配人を務めております、千石と申します」

名刺を差し出し一礼すると、先生は名刺を受け取った。

「僕は篁楓と申します。篁彩人という雅号で活動をしております」

「存じ上げております。若くして協会の副理事にまでなられ、日本の書道界に大きく貢献されてきた方と。大変ご立派な経歴で敬服いたします」

にっこりとしながら流れるように返した言葉に驚いた。

だって、以前千石さんは、そういった話題には詳しくないと言っていた。あのとき、嘘をついたとも思えないし、嘘をつく理由もないはず。じゃあ、もしかして……あのあと、この世界について調べたのだろうか。でも、どうして？

「まさか、一介《いっかい》の書道家の僕のことまでご存じでいらっしゃるとは光栄です」

先生がへりくだって返すと、千石さんの目が一瞬鋭く光るのを見た。

「まあ……悪名《あくみょう》高いわたくしに言われてもうれしくはないのでしょうし、ご無理なさらず」

千石さんは数秒前と打って変わり、爽やかな笑顔はどこかへ消えている。片側の口の端を軽く吊り上げ、まるで挑発するような笑みだった。

こういうヒール役めいた言動を直接目の当たりにするのは初めてかもしれない。それでもやっぱり、彼に対する想いは揺らがない。

だって、彼のやさしく不器用な一面を知っている。

先生は、初めこそ本人の居ぬ間の発言を気にしていたのか、目を伏せていた。でも、すぐに千石さんと対峙する。

「先ほどの発言は……失礼いたしました。ただ、噂を百パーセント鵜呑《うの》みにするわけではないのですが、僕が彼女を昔から大切に思っているゆえのこと。ご理解いただけますか？」

まさか先生が正面切って反論する形を取るとは思わず、おろおろしてしまう。

千石さんは、特段驚きも怒りもせず淡々としたもの。

「ええ。ご心配されるのも仕方のないことでしょう。否定も弁解もいたしません」

全面的に『噂』を受け入れる彼に驚き、そして歯痒《はがゆ》くもなった。

私は知らず知らずのうちに、ぎゅっと手を握りしめて俯いた。すると、千石さんの黒い革靴が私に一歩近づいたのを捉え、自然と顔が上を向く。

「しかし、あなたの心配は理解しても、あなたのご希望に添うことはできません。あなたの仰る通り、わたくしは非情で冷酷な人間なものでね」

「なっ……」

「彼女に情で訴えても無駄だ。俺は自分のものを易々《やすやす》と譲るような真似はしない」

たじろぐ先生へ、千石さんは眉ひとつ動かさずに淡々と言い、私を呼ぶ。

「――恵」

「は、はい」

踵を返す千石さんを追いかけ、門扉を開ける前にくるりと先生のほうを振り返る。

「先生、いろいろとご心配をおかけしてすみません。ですが、本当に大丈夫です」

『大丈夫』の根拠は私の中にちゃんとある。でも、単純に言葉だけで伝えても、きっと私の思っているままに伝わらないのだろう。

そんなもどかしさとともに、いつか気づいてくれたらいいなという希望を持って、先生へ笑顔を向ける。

「それでは、また明日」

「待っ……」

先生の声が聞こえても、私は振り返らずに扉を開けて敷地の外へ出た。

ほっと胸を撫で下ろしていると、視線を感じて千石さんを見る。

「服が汚れたっていうのは、それか」

「あっ」

指摘されて思い出し、咄嗟に身を捩《よじ》るようにして汚れた部分を隠した。

「乗って。とりあえず服を買いに行くぞ」

それから、車で銀座《ぎんざ》まで移動し、連れられたのはラグジュアリーブランドが揃うセレクトショップ。

店内に入り、好きなものを選ぶよう促されるも、普段自分ではなかなか購入できないようなブランド品ばかりで委縮する。そんな中、ひと目見て、すごく素敵だなと思うワンピースに出会った。

綺麗な空色をした、カシュクールタイプのミモレ丈《たけ》ワンピース。ウエストに白のラインが入っている、大人っぽいデザインのその一着に心を惹かれた。

うっとりと見入っていると、店員さんに試着を促される。着替えてフィッティングルームからおずおず出るや否や、腕を組んで待っていた千石さんと視線がぶつかった。

「どうでしょうか？」

気恥ずかしくて、まともに顔を見られない。

両手を前に組み、もじもじと動かしていると、千石さんからひとこと言われる。

「いいんじゃないか。よく似合う」

千石さんの反応もあり、私はその服に決めた。

スタッフにタグを切ってもらい、いざ会計をしようとしたら、すでに千石さんが済ませていたと知り動揺する。セレクトショップを出てから、千石さんへ訴えた。

「これは私の不注意による予定外の買い物ですから、私が支払います」

「そのくらい気にしなくていい」

「でも、本来必要のない出費なのに」

なにを言っても、彼は取り合ってくれなさそうだった。

すべては私のせいなのにと肩を落とすと、頭にポンとやさしく手を置かれる。

「実は、これから行く予定の店はドレスコードがあったことを伝え忘れていた」

「そ、そうなんですか……？」

「ああ。服を汚さなくてもこうなっていたってことだ」

先を歩き始める千石さんの後ろ姿を見つめる。

ドレスコード？　そういった場所には何度か行ったことはあるけれど、意外に基準が難しいんだよね。だからこれまでは結局、無難な着物が多かった。

どのみち着替えは必要だったみたいだけど……お礼はちゃんと伝えなくちゃ。

「千石さん。ありがとうございます。こんなに素敵な服……」

「あの男がその姿を見たら、ますます鳶《とんび》に油揚げをさらわれたと言ってきそうだ」

あの男って……先生のことだよね？　ほかに思い当たる人はいないし……。

首を捻っていたら、千石さんに手を掴まれた。

「まあ、渡す気はさらさらないけど」

「え？」

「なんでもない。ほら、早く向かうぞ」

再び移動をし、十数階建てのビルに入る。その中にあった、一軒のお店の前で、千石さんは立ち止まる。暖簾《のれん》をちらりと見ると、どうやらここはお寿司屋さんみたい。

「寿司は大丈夫だったよな」

「はい。好きです。……あの、私そんな話しましたっけ？」

思い出せない。千石さんとはまだ知り合って二か月くらいだし、これまでの会話の内容ならほぼ覚えているはずなんだけど。

「うちの手まり寿司の話をしていた」

「手まり……ああ！」

先生に誘われたパーティーでの料理！　確かにあの日、千石さんに呼ばれて少し話をした際に、手まり寿司の話に触れた。とはいえ、些細な会話だ。

驚いている間にも千石さんは暖簾を手でよけ、引き戸を開ける。私も続いて頭を屈めて入店した。すると、温かみのある照明に照らされたL字カウンターが目に入る。

カウンター内には和帽子を被り、調理白衣を纏う職人さんが数人。四席あるテーブル席には、和紙のペンダントライトが垂れ下がっている。どこを見ても、いかにも高級そうなお店という感じだった。

ドレスコードのあるお寿司屋さんってめずらしいなと思ったけれど、この雰囲気ならなんとなく頷けるかも。

「いらっしゃいませ。お好きな席へどうぞ」

フロアスタッフの女性に言われ、千石さんは私を見る。

「どうする？　恵の好きな場所でいい」

「では、カウンター席でもいいでしょうか？」

お寿司屋さん自体は初めてではないけれど、カウンター席に座ったことはない。

私の一存でカウンターに着席してすぐ、千石さんへ尋ねる。

「ここへは、よく来られるのですか？」

「まあ。月に一、二度程度か」

「わあ。定期的に利用されるくらい、気に入っているお店なんですね」

よく足を運ぶお店に連れて来てくれたことがうれしい。

「カウンターで大将の手つきを観察するのが好きなんだ。もちろん、寿司も絶品だが」

さらに、普段より饒舌《じょうぜつ》に話をしてくれている気がして、自然と笑顔が溢れてくる。

「それなら、やっぱりカウンター席を選んで正解でした。ふふ。楽しみです」

ここのお店ではメニュー表はないらしく、千石さんが特になにも言わずとも、順ににぎりを提供された。

新鮮な魚にほどよい味のシャリは、繊細に握られているからか、口に入れた途端均一に解れる。味や香り、食感とが三位一体《さんみいったい》となったお寿司は、シンプルな料理だからこそ、これまで食べてきたものとの違いがよくわかった。

時折出される一品料理も、味はもちろんのこと、盛りつけもこだわりが見られて芸術作品みたいだった。

ゆっくり一時間半ほど滞在し、お店を出ようとしたときに千石さんに言われる。

「ちょっと大将に話があるから、先に店の外に出てて。すぐに行く」

「あ……はい。わかりました」

自分のお会計はきちんと支払おうと思っていたけれど、タイミングを逃してしまった。とりあえず今は、先に出口へ向かおうかな。

暖簾をくぐって外へ出ようとしたそのとき、スタッフの女性に頭を下げられる。

「ありがとうございました」

「ごちそうさまでした。とても美味しかったです。それに、お料理も食器もすべてが美しくて驚きました」

「お喜びいただけて、わたくしどももうれしい限りです」

再度恭しく頭を下げる女性に、笑顔で返す。

「実は、服装の規定があるお店と伺ったときにはすごく緊張してしまったのですが、お店も落ち着いた雰囲気でスタッフの方も気さくでやさしくて……素敵な時間を過ごさせてもらいました」

「光栄でございます。ただ、当店では服装の規定を設けてはおりませんが……」

「え?」

そこに、話を終えたらしい千石さんが合流する。女性は千石さんに気づき、道を空けると深くお辞儀をした。

「千石様、またのお越しを心よりお待ちしております」

「ごちそうさま」

結局、女性とはそのまま別れ、お店を出てしまった。さらに、食事代を支払おうとすると、またもや即座に断られ、受け取ってもらえなかった。

私は「ごちそうさまでした」とお礼を伝え、その後、歩きながらさっき女性スタッフから返された言葉の意味を何度も考える。

千石さんがどこかのお店と思い違いしているとは考えにくい。

だって、彼は公私ともに隙もなく完璧で、記憶力も優れている。手まり寿司の件だってそう。

だとしたら……セレクトショップでの発言は、私に責任を感じさせないために?

ひとつの考えに行きついたとき、先に自動ドアを通り外に出た彼が振り返る。

「まだ時間があるなら、うちに来るか？　あいつもいるし」

腕時計を見ると、今は午後八時半過ぎ。少しくらいなら、お邪魔していても迷惑じゃないかな？　だったら、もうちょっと一緒にいたい。

今日贈ってもらったこの服を着たまま、もう少しだけ。

「じゃあ、お言葉に甘えて」

車でマンションへ向かい、部屋にお邪魔させてもらうと、しーちゃんがリビングの真ん中まで出迎えてくれた。

「行動範囲が広くなったんですね。可愛い～」

「少し前から、帰宅したらその辺まで来るようになった」

その場で膝を折ると、しーちゃんはあっという間に自分のベッドへ戻ってしまった。まだ直接撫でさせてはもらえないけれど、初めの頃よりはずっと距離が近い。自分が飼っている仔猫じゃなくても、日に日に可愛さが増していく。

「飲み物は？　アイスティーもある」

「ありがとうございます。アイスティーいただきます」

キッチンにいる千石さんへ返事をして、ゆっくり立ち上がる。

「汚れた服は染み抜きしなくていいのか」

「あー、墨なので……自宅での作業用にします。そういえば、今日はどうやって職場を？　私、伝えていなかったと思うんですが」

職場の前にいたのに気づいた瞬間は驚いたものの、そのあと先生と千石さんとの対面で、細かなことはすべて吹き飛んでいた。

千石さんはアイスティーをキッチンカウンターに置き、先にダイニングテーブルにコースターを置きながら答える。

「名刺に書かれていた」

「名刺……！　確かに職場の情報もありましたね」

私の名刺には現在の職場である教室の所在地も記載されている。

だけど、今日の待ち合わせ時間の変更をお願いしたのは予定外だった。急なことでも対応できるのは、日頃からあらゆるトラブルを想定し、対応するべく準備を整えているからかな。千石さんって、プライベートでもなんでもこなしてしまうんだ。

「先に飲んでて」

千石さんはアイスティーをコースターに乗せると、リビングを出ていった。

ひとりになった私は、椅子に腰を下ろして彼を待つ。すると、すぐに戻ってきた。

私の後ろを横切るのを感じ、いつものように正面の椅子に座るのだろうと思っていた。しかし、千石さんは私のそばでぴたりと足を止める。

不思議になって彼を見上げると――。

「えっ？」

目の前のテーブルに小さな紙袋を置かれた。おずおずと中身を見てみると、リボンがかけられた箱が入っている。

「あの、これは」

「誕生日」

頭上にぽつっと落ちてきた言葉に驚愕する。

「……どうして」

知っているの？　誕生日こそ、一度も話題に出したことはないし名刺にだって載せていない。なんなら、またもや私は自分の誕生日のことを忘れてしまっていた。

大きな衝撃を受け、瞳を揺らして考えても答えは一向に出てこない。

「あの恩師とやらについても然《しか》り、俺の情報網はそれなりにある。……というか、恵の名前を聞いたときから薄々気づいていた」

「え……気づいていたっていうのは」

「〝葉山崎〟——カメリヤの常連客《レギュラーカスタマー》には、その名前を持つ年配の男性がいる。血縁関係にあるのかも、とは思っていたから」

隠していたわけではなくて、ただ話題に上らなかったからそういう話はしなかった。それは、千石さんもきっと同じだったのかもしれない。

正面の席に着いた千石さんに笑いかける。

「はい。私の祖父です。そうですか。情報網……すごいですね。そういえば、先生についても詳しく調べたようですし」

「別にすごくもなんとも。恵と関わるようになって、恵の仕事や師に少し興味が出ただけだ。知識はあっても困らないからな」

「私の仕事に興味を持ってもらえるのはうれしいです」

無邪気に喜んだあと、ふと思った。

書の世界に興味が出て調べたって。じゃあ、私の誕生日は……私に興味を抱いてくれているから？　そうだとして、私に直接聞かず自分で調べちゃう辺り、千石さんらしい。おそらく、詳細にどこで誰に聞いたかなんて尋ねてもはぐらかすんだろうな。

私はこっそりと笑って、もらったプレゼントにそっと手を伸ばした。

「これは今、開いてみてもいいのでしょうか？」

「好きなように」

彼はそう言うと、長い足を組んでアイスティーを口に運んだ。

紙袋から中身を出し、包装紙を破らないように丁寧に封を開ける。包まれていた白い箱のふたを開くと、中身はネイビー色をした本革仕様のブックカバーとキーホルダーだった。全体の色味はシックだけれど、白のステッチがアクセントになっているお揃いのデザインが可愛らしい。

私がいつも本を読んでいることも知っていてくれたんだ。

「うわあ。落ち着いた色合いですね。素敵。ありがとうございま……す」

手元から視線を上げると、千石さんはいつの間にかまた席を立ちテーブル横に立っていた。そしてさらに、目の前に差し出されたものに焦点を合わせた途端、驚きで固まる。

「これも預けておく」

そう言って私の手に握らせたのは、千石さんの部屋のキー。

信じられない気持ちが先立って、ひと声も発せない。

「これで、もうコンシェルジュを経由しなくても済む」

「い、いいんですか……？　だって、こんな大事なもの」

知り合って間もないうちから、家主がいないおうちに出入りしていた私が言うことではないかもしれない。だけど、やっぱりキーを受け取るとなると重みが違ってくる。

「別に。俺も毎回コンシェルジュに言づけていくのが煩わしかったし」

彼は相変わらず冷めたふうな回答をする。

煩わしかったというのは本音だろう。きっかけがなんであれ、解決法としてキーを直接渡してくれるのは、私の中で意味は大きい。

受け取ったキーを両手で包み込み、頬を緩めた。

「そこまでのものでもないだろ、今さら。もうすでに自由に出入りはしてたんだから」

ここへ出入りする——結果は同じこと。だけど私は……。

「大事なものを預けてもらえるくらい、信頼されている事実がうれしいんです。また一歩千石さんの内側に近づくのを許された気がして」

「許すも許さないも……」

千石さんはぽつりとそう漏らし、瞼を伏せて深いため息を吐いた。

気だるそうな顔で軽く眉間に皺を寄せたまま、こちらを一瞥する。

「本当、やめておいたほうがよかっただろうに」

半分ひとりごとみたいに、小さな声でこぼした。多分、家の中じゃなかったら聞き取れなかったと思う。

「今日の……先生の発言を言っているのですか？」

聞こえてしまった手前、聞かないふりはできなかった。

「──『千石怜という男は切れ者でも、非情で冷酷だと』」

「彼の感情や考え方は否定しない。むしろ、俺が彼でもそう思っただろう」

「先生は私を心配して言ったのだとは思います。でも、私は」

千石さんは私の言葉を遮って嘲笑《ちょうしょう》する。

「恵は知らない。俺がこれまで、仕事とはいえどれだけの人間を罵《ののし》り、容赦《ようしゃ》なく戒めてきたかを。人前であろうとなかろうとな。因業者と吐き捨てられたり、そんなことは一度や二度じゃない」

こちらに背を向け、窓の外を遠く眺める彼の姿を見つめる。

「以前一度だけ……パーティーのときに階段で偶然お見かけした際、そういった片鱗《へんりん》は見ました」

見たというよりも、〝聞こえてきた〟というほうが正確な表現ではある。

「そうだったな。が、あれはまだ軽めの指示指導だ」

「ですが、私が抱いた感情はきっと千石さんが思うものとは違います」

はっきりと告げると、静かに彼が振り返る。

「あなたは『憎まれている』のではなく、『憎まれ役を買って出ている』のではないかと感じるんです」

「は……？」

「誰かの目に悪に映っても、別の人にとっては善に見えることがあっても不思議じゃないと思いませんか？　書も人も、この世のものはすべてにおいて万人《ばんにん》に好かれることはありません。でも、どんなものでも好きだっていう人はきっといる」

わかりにくい人だからこそ、相手をもっとよく見て、言葉を交わして、理解を深めていくその過程が、私にとって愛しさを増すものだと気づいた。

目の前で、どんな表情を作っていいかわからなくなっている彼は、初めて出会ったときとは別の人のよう。けれど、それがいい。

「おかしなヤツ」

私は照れくさい気持ちを隠すべく、グラスに添えていた手元に意識を向けた。

「それでもいいです。私が変わっているからあなたの目に留まったと考えれば、むしろよかっ……た」

急に視界が陰ったのを感じ、視線を上げる。後ろ姿を見せていたはずの千石さんが、いつの間にか私のほうを向いていた。

そのまなざしが、これまで見たことのないほど真摯で熱を孕《はら》んでいて、途端に心音が大きくなる。

このままじゃ心臓がどうにかなりそうで、咄嗟に気を逸らすべく口を開いた。

「あ。えっと、誕生日といえば、千石さんのお誕生日はいつですか？　そういえば年齢もまだ聞いていませんでしたね」

千石さんはこちらに歩み寄りながら端的に答える。

「十一月四日。今は三十一だ」

「そうなんです、ね」

さらに、距離が近いと思ったときには、もう鼻先に触れられていた。

瞬きもできず、声を漏らす前に顎を掬い上げられ、口を塞がれる。

言葉にならない。ただ、胸がドキドキ騒いで身体中が熱い。

一度唇が離れ、上目で彼を見れば、真剣な瞳に囚われる。その隙に、髪を纏めていたヘアクリップを外された。

初めての感覚。髪を解かれただけで、まるで素顔を晒《さら》しているかのような気恥ずかしさを覚える。さっきまで、まっすぐ目を合わせていられたのに、急にそれができなくなるなんて。

胸の高鳴りがますます大きくなるのを感じ、彼の前から逃げ出したい衝動に駆られた。けれども、ヘアクリップをテーブルに置いた千石さんは、その手を私の後頭部に添えるから動けない。

さらに、千石さんの指先が、するっと髪の間に差し込まれる。途端に腰の辺りから首筋に向かって、ぞくぞくっと痺れに似た感覚が襲った。

いっそう鼓動は躍動し、頬は熱を帯びていく。

彼は目を細め、低い声でささやいた。

「あまり従順がすぎると、簡単に取って喰われるぞ。こういう男に」

脅しみたいなセリフを吐きながら、触れる手つきはやさしい。その相反した言動に、瞬く間に酔いしれる。

私は彼のシャツの袖を握り、唇を寄せた。

私からキスをするだなんて、どうやら思いも寄らなかったようで、あの千石さんが目を白黒させている。

「私を外柔内剛と仰ったのは千石さんじゃないですか。すべては自分の意志です」

こうして心を通わせ合い、唇を重ねること──。

決して流されているわけじゃない。

「もっと教えてください。言いましたよね？　私、あなたのことを知りたいんです」

瞳を逸らさず、はっきりと伝えた。

彼は数秒止まっていたけれど、おもむろに私の頬に手を伸ばしてきて妖艶《ようえん》に笑う。

「俺を挑発するとは、いい度胸をしている」

「あっ……んんっ」

首が痛くなるほどの情熱的なキスに、一瞬で翻弄《ほんろう》される。

『もっと』と教えを乞う私に応えてくれているのか、これまでのキスとは全然違う。

深く強く重ねる唇だけでなく、肌や髪に触れる手や息遣いからも熱いものが伝わってくる。不安や恐怖よりも、ただ彼を好きという気持ちが膨《ふく》らんでいるのがわかる。

吐息とともに、おもむろに口を離した彼は、艶やかな声でささやく。

「そんなことを言って……もちろん、この先ずっと俺のものになる覚悟はしてるよな」

美しい瞳に吸い込まれ、いっそう胸がドクドクと音を立てている。

今抱いているたくさんの感情を到底口に出す余裕なんかなくて、彼を見つめ返すことしかできない。

すると、一瞬で抱き上げられた。大きなソファの上に下ろされるなり、再び唇を奪われる。

「う、ンッ」

濃厚な口づけの波にのまれ、頭の奥がぼうっとしてくる。

束の間、唇を離した彼は至近距離で問う。

「恵。返事は」

瞼をうっすら開いた先に、いつも涼しげなはずの瞳に熱がこもっているのを感じ、身体の奥が疼《うず》いた。

「わ……たし、千石さんしか……っ、あ――」

「そうだ。もう誰の手にも触れさせるな」

そのあとのことは、ただ必死に応えるだけ。

恋愛経験のない私でさえ、彼の繊細な気遣いがひしひしと伝わり、嘘みたいに怖さはひとつも感じられなかった。

絡ませ合う指や視線から、想い合っていることを伝えてくれているみたいで。

その日、ひとつ歳を重ね、さらに初めて知った幸福感を大切に胸に刻んだ。

5. 初めての執着心

「私、初めてカメリヤへ行ったのは中学生のときでした。祖父に連れられて行ったんです。私にとって祖父はちょっと緊張する存在だったのもあって、すごくドキドキしていたのを今でも思い出せます」

ベッドの中で、恵が懐古《かいこ》してそう言った。

横になって腕に頭を預けられていると、恵の表情が見えない。しかし、不思議なので、彼女の声色でどんな顔をしているかなんとなく想像がついていた。

「特別厳しい人ではないんですけどね。今では私が勝手に引け目を感じてしまっているのかもしれません」

「引け目?」

「はい。うちは一族のほとんどが医療に携わっているんです。きっと、すでにご存じですよね?」

視線を感じ、恵を見る。俺は恵の指通りのいい髪に触れながら、「ああ」とひとこと返した。

彼女は「やっぱり」とあっさりと受け入れ、微笑んだ。

葉山崎という名は、カメリヤ内でよく耳に入る。それはさっき恵にも伝えたこと。

しかし、それとは別に、俺は葉山崎グループをよく知っていた。

理由は、ここ数年うちの新規事業の案件で名前が挙がっているため。

〝うち〟とはカメリヤではなく、『Thou Estate《ザウエステート》』――俺の父親がトップに立っている大手不動産会社グループのことだ。

ひとり息子の俺は、ゆくゆくはザウエステートを継ぐ予定で、初めはグループ内のホテルに配属された。だが、結局ザウエステートを離れ、ホテル業界を転々とし今に至る。

とはいえ、父が計画している事業については、俺は直接関係していないものの、常にアンテナを張っていた。

俺は、仕事はもちろん気になることがあれば、すぐにでも解決したい性分だ。恵と言葉を交わした日も、当然のように葉山崎について調べておいた。

結果、やはり彼女は昔からのカメリヤの上客でもある葉山崎理事長の孫だとわかったという顛末《てんまつ》だ。

正直、恵が俺に近づいてきたときは、常連客の孫娘だから丁重な扱いをしておくべしまった。猫みたいに、気づけばこちらの懐《ふところ》に入ってきて……どんどん目を離せなくなってしまった。

「うちは医療家系なので、私がはみ出し者というか、特殊というか……。ほら、肩書きも『書道家』で馴染みがないものなので、父もあまりよく思っていないみたいで」

彼女の環境は自分と少し似ていると感じていた。

大きな運営母体を持つ家に生まれながら、そこに属さずにいる。そんな彼女はどういう人間かと、ささやかな興味を持ったのだ。

恵は苦笑交じりに続ける。

「私なりに努力したんですけどね。医師はおろか看護師も適性がなかったんです」

真面目な彼女のことだ。今でこそ軽く話しているが、その努力は相当なものだったに違いない。

そうか。彼女もまた、初めは決められた道に寄り添っていたんだな。もしも、恵の言う『適性』があったなら、俺と違って葉山崎グループに献身的になっていただろう。

「それでも曾祖父から代々受け継がれている病院は誇りに思っていますし、誰かを救うために日々奮闘する家族は尊敬していますし、自慢です」

今、心の中で仮定した考えが、彼女の言葉を聞いて確信に変わる。

恵は華奢《きゃしゃ》で儚《はかな》げな見た目とは、百八十度違う。

力強い字がとても印象的で美しく、俺をまっすぐ見つめる凛とした瞳に射抜かれた。

自分とは似て非なるもの。人は自分にないものを持つ人に惹かれるのだと実感する。

おもむろに身体を起こし、恵を見下ろした。

「千石さん……？」

こんなに純粋な心を持って、わざわざこんな男に近づいて……。

「恵はバカだな」

ぽつりとこぼすと、恵はきょとんとして言う。

「それは……千石さんと比べれば、そうでしょうけど」

まったく。真顔でバカと言われたら、普通は怒るか泣くかするものだろ。

「今のは俺を睨《にら》みつけるとこ」

「え？　睨みつけるだなんて、そんな」

「そうして泣きながら怒る恵に俺が言うんだ。『冗談だ。機嫌を直せ』と」

彼女の前髪の生え際に手を置いて、白く小さな額を露わにする。

大きな黒い瞳を数秒見つめ、その愛らしい顔を覆い隠すように唇を重ねた。

＊＊＊

昨夜のことが、無意識に頭に浮かぶ。

職場で仕事以外のことが頭から離れなくなるなど、今までになかった。

ここは、最上階の非常口から出た非常階段。点検作業以外では誰も寄りつかないのをいいことに、ひとりになりたいときにたまに利用する。

壁に寄りかかり、緑が多くどこか長閑《のどか》な皇居外苑《こうきょがいえん》の景色をぼんやり眺めていると、突如ドアノブが回って警戒する。

「ああ、千石支配人。〝やっぱり〟ここにいたんですね」

「ち。周りに誰もいないのに白々しい呼び方はやめろ」

俺はその人物を横目で見て、冷ややかに返した。

物腰の柔らかな話し方、耳にやさしい声のトーン。これまで負け知らずだった俺に、初めて敗北の二文字を感じさせた男。ここスノウ・カメリヤ東京の、最上にして唯一の最高責任者。いわゆる総支配人と呼ばれる人間だ。

俺が一方的に敵対視していたこともあったが、この男……天野は、目の上のたんこぶであろう俺を邪険《じゃけん》にもせず、常にフラットで接してくる。

「間違ってはいないだろう。しばらくぶりに顔を合わせるな。どうだった？　沖縄は」

「資料や報告書は、すでにメールで送ってるはず」

俺が振り返ると、天野はドアに背を預け、腕を組むと優雅に微笑んできた。

「見たよ。ああいう堅苦しいものじゃなく、純粋な君の感想を聞きたかったんだが」

「純粋な感想もなにも。提出したものがすべてだ」

ぶっきらぼうに答えると、天野は一笑した。

「しかし、出張から戻ってきた翌朝に送ってくるなんてな。なんのために土日を休みにしたのかわからなくなるだろう。まあ、どっちみち報告書を後回しにしたところで、君なら別の仕事をするんだろうけどね」

「よく言う……仕事の虫はそっちだろうが」

「俺は昔と比べて休日は休むようになったよ。君は変わらずストイックだよな。さらに、大胆でリスキーだ。敬服する」

「ふん」

俺は天野に背を向けた。

天野はゆっくり階段を数段下り、俺と同様に眼下に広がる景色を眺める。

しんと静まり返る中、天野が再び口を開く。

「七光りだ、と周囲からささやかれるのが耳障りだという気持ちは共感する。しかし、それを気にせずにメリットとして活かすと決めた俺に対し、君は頑なに家の力には頼らず自力でここまで来たんだもんな」

俺の家が大きな企業を経営しているのと同じく、この男の親もまた、世界で『ホテル王』と呼ばれている。今言っていた通り、天野は自分の置かれた環境を受け入れ、利用していくスタンスを選んだのだろう。

しかし、俺は与えられる場所や約束された将来に反発した。

家や父親が気に入らないわけではない。ただ、面白味がないと思った。目の前の道を切り開き、自分の力はどのくらいなのか試したい衝動を抑えられなかった。どこかのゲームと同じように、次々とクリアしていくことがなにより面白く、快感だった。

「お前に尊敬されたくてやっているわけじゃない」

そして、この男を追い越すのが目下《もっか》の目的だった。

すると、天野は普段よりも低い声で反応してくる。

「まだ勝負事だとでも思ってるのか。どの仕事にもいえることだろうけれど、地位だ権力だと、それに囚われるのは浅はかだ。自己満足にすぎない」

思わず天野を見た。ヤツは鋭い目つきでこちらを捉える。

「……言われなくても、今はわかっている」

カメリヤに天野が赴任した当初は、打ち負かしたい気持ちが強かった。だが、まるで相手にしないこの男を前にしていると、徐々にその感情に違和感を覚えた。

ふいに恵が頭に浮かび、腹の奥に熱いものが灯る。

しまいには……世界はずっと〝自分〟中心だったのに、自分以外の誰かが中心になる世界があると気がついてしまった。自身の達成欲よりも、他人の喜びを感じ取れるようになったのだ。

頂点を目指しライバルに勝ったところで、彼女が与えてくれるものに敵《かな》いはしない。

無意識に手を強く握りしめていたら、天野の小さな笑い声で我に返る。

「そうみたいだな」

含みを持たせた視線を向けられ、気が落ち着かない。

「なんだよ？」

堪えきれなくなって言葉を漏らしたら、天野は口の端を上げた。

「いや？　今の君なら、ご尊父《そんぷ》がますます戻ってきてもらいたいと願うのは仕方ないかもしれないな」

「なにを知ったふうなことを」

「昨日偶然お会いしたんだ。そのときに、君の話題に先に触れてきたのはあちらだよ」

自分の父親に直属の上司が会った。そんな話を聞けば、愉快な気持ちにはならない。

俺は平静を装い、きつめに返す。

「余計なことを吹聴《ふいちょう》しなかっただろうな」

「余計なこと……というのは、君のデスクの引き出しやカバンの中には、ホテルに限らず多くのマネジメントに関するものだけでなく、建築関係やコンサルタントと多岐に亘る本がある、ということとか？」

したり顔を見せる天野に、眉根を寄せた。

「暇人め」

「心外だな。自分が指揮を執るホテルに関することは、できる限りのことを知っておきたいだけ。ゲスト、スタッフにかかわらずね。俺のポリシーだ。大丈夫。プライベートまで詮索《せんさく》するような無粋な真似はしない」

「ちっ。すでにプライバシーの侵害だろ」

捨て台詞を残し、先に立ち去ろうとドアノブに手を伸ばす。

「待て」

呼び止められた俺は手を止め、天野をちらりと見る。

「ひとつ頼まれてほしいことがある」

ドアノブに触れていた手を離し、身体ごと天野と向き合った。

天野は階段を上り、残り一段のところで足を止める。そして俺をまっすぐ見て頼みを切り出した。

「葉山崎グループ理事長より、四半世紀に一度の設立記念パーティーへのお誘いをいただいたのだが、日程的にどうしても参加が難しいんだ。だから、君に」

「俺が？」

『葉山崎』の名前に、否応なしに反応してしまう。

「もう十年以上もお世話になっている方だ。欠席は印象が悪い。俺の次に、ゲストを含めこのカメリヤを管理し、熟知《じゅくち》しているのは君だろう」

天野は別におかしなことを言ってはいない。恵の実家の話だったからと、俺が勝手に構えてしまっているだけだ。

天野は笑顔で俺の肩にポンと手を置く。

「あとで日程や詳細を送っておく。頼んだよ」

俺は無言で天野を見て、そのまま先に館内へと戻った。

それから約十日後。めずらしく夜勤だったため、帰ってきたのが朝七時過ぎ。

帰宅後はすぐにベッドに入り、眠りに落ちた。

しばらくして、遠くでカサカサと音がするのに気づき、少しずつ意識がはっきりしていく。

しちが活動的になってるってことは……夕方か？

瞬間、身体を勢いよく起こした。ベッドサイドテーブルの時計を確認すると、午後三時を指している。

慌てて時計の横に置いていたスマートフォンを手に取った。画面にはメッセージと通話の着信通知が一件ずつ。どちらも恵からだ。

しまった。今日は午後からうちに来ると……。

恵とは彼女の誕生日以来、会っていなかった。

互いの仕事時間がうまく噛み合わなかったのもあるし、俺が通常業務以外のことに時間を割《さ》いていたからだ。

それは、ザウエステートの新規事業について。恵の家が関わる可能性のある事業案件の進捗《しんちょく》や情報を、個人的に頭に入れておきたかった。

元々知識欲旺盛《おうせい》なタイプだ。気になった事柄について貪欲に追いかけることを優先して生きてきた。その姿勢は今も変わらない。

だが、そんな俺が、わずかな時間しかないにもかかわらず彼女と会う約束をした。数時間しか会えないとわかっていても、そのタイミングを見送る選択肢は生まれなかった。なのに、この体《てい》たらく。とにかく支度をしなければ。

寝室を出て、洗面台へ向かう。顔を洗って身だしなみを直し、再び寝室に戻った。ウォークインクローゼットを開け、急いで着替えをする。スタンドミラーで確認を終えると、スマートフォンを持ってリビングに足を向けた。

恵に電話を……。いや、まずメッセージを確認するか……。

急く気持ちでリビングに入った瞬間、目を疑う光景に言葉を失う。

ソファのひじ掛けに、しちの姿。そして、しちが気にしているのは、フローリングに座った状態でソファの座面に突っ伏している恵だった。

すでに恵がうちに来ていたことよりも、不自然な格好のまま動かない現状に動揺を隠せない。急いで駆け寄って声をかける。

「恵⁉　おい、大丈夫か」

身体をあまり強く揺するのも不安で、そっと肩に手を置く。彼女の顔を覗き込むと、ピクッと眉が動いた。

「ん、あ……千石さん？　えっ。ごめんなさい！　私、うっかり寝てしまって……本当にすみません」

うっすらと瞼を開き俺を確認した途端、すぐに目が覚めたらしい。恵は慌てて姿勢を正し、頭を下げた。

「はあ。肝が冷えた。急な体調不良かと思った」

恵の無事がわかり、心からほっとする。

「そ、そうですよね。本当に本当にすみません」

ひたすら謝り倒す恵に向かって、ひとつ息を吐く。

「来て暇を持て余すくらいなら、すぐに起こしてくれれば」

自分の寝坊を棚に上げているとはわかっていたが、つい言ってしまった。

恵は上目でこちらを見て、小さな声で答える。

「その……千石さんが時間を忘れて眠っているのなら、よっぽどお疲れなのかと思って。あまりに気持ちよさそうに寝ていましたし……」

最後の言葉に驚き戸惑う。しかし、すぐに取り繕った。

「寝ている姿を黙って見るだけとは。なかなかいい趣味をしてるなあ？」

他人に弱味を見せたくはない心理と同じで、無防備な姿はできるだけ見られたくはない。恵相手なら、なおさらだ。

「ち、違います。具合が悪くて動けなくなっていたらと心配になって！　ちょっと覗かせてもらっただけなんです」

恵は両手を横に振り、懸命に弁明する。それを聞き、こちらもつい今しがた体感した気持ちなだけに、申し訳なく思って素直に謝罪した。

「すまない。今日は全面的に俺が悪かった」

「いえ。私が無理させたん……」

恵の前に片膝をつき、目線の高さを合わせる。

恵はびっくりした様子で、大きな目をぱちぱちとさせた。

「無理してない。待たせて悪かった」

少し乱れていた恵の髪を直し、尋ねる。

「好きな食べ物は？」

「え？　好きな食べ物、ですか？　急に言われると」

「和食、中華、洋食」

「えっと、どれも好きですが、今浮かんだのは洋食かな？　オムライスとか、ポテトサラダとか、グラタンとか好きです」

大きな目を丸くさせる恵の頭に、右手をポンと置く。「わかった」と答えると同時に立ち上がった。

「え？　まさか、千石さんが作ってくれるんですか？」

彼女の反応は至極真っ当だ。おそらく、今の職場の人間も、誰もが俺が料理している姿など想像できないだろう。

「お詫びにな。それに、今日は家でゆっくりしたくなった。いいか？」

本当は、どこか恵が好きそうな店を予約して連れていこうかと思っていた。けれど、このリビングで、傍《かたわ》らにしちがいる中、静かに眠っていた恵を見て気が変わった。

「もちろんです。でも千石さんが、そんなわざわざ。疲れてるのに」

「食べたいか、食べたくないのか。どっちだ」

正座して俺を見上げる恵に、端的に質問を投げかける。

恵は数秒間を置いて、ぽつりと言った。

「……食べたいです」

「ん」

俺はキッチンに足を向け、ぴたりと立ち止まり、恵を振り返る。

「ああ。その前に互いに寝起きだし、まずはなにか飲むか」

「はい」

俺は笑顔で頷く恵に、とびきり美味《うま》くなるよう紅茶を淹《い》れた。


恵の前に出来立てのオムライスを置く。

ドレスドオムライス。卵をひと捻りさせて盛りつけるタイプのもの。

久々に作ったが、まあまあの出来だ。

美しく上品なドレープの卵がとても華やかな料理だから、当時女性客がよく感激していたのを見ていた。

まさに今、恵も瞳をキラキラと輝かせている。

「わあ、すごく美味しそう！　綺麗でオシャレ……お店のオムライスですね」

「ウエイターのあと、ちょっとだけ厨房《ちゅうぼう》も勉強してたからな」

厨房に入っていたのは一か月と少しだったか。こんな形で役立つとは思わなかった。

彼女ははじめ食べるのがもったいないとこぼしていたが、ひとくち食べてからは、頻《しき》りに『美味しい』と頬を緩ませ、あっという間に完食した。

恵は丁寧に両手を合わせ、「ごちそうさま」とつぶやき、数秒瞼を閉じる。

その後、椅子から立ち、食器を手にして口を開いた。

「本当に今まで食べたオムライスの中で一番美味しかったです！　千石さんは、なんでもこなせるんですね。羨《うらや》ましいです。私、字を書くくらいしか特技ってないし、実は料理もいまいちで。だから、さっきも『私が作ります』って言えず……」

恵は苦笑しながらキッチンへ足を向ける。すでに食べ終えていた俺も、恵を追いかける形で皿を手にキッチンへ入った。

「ひとつでも特技があるなら、十分だ」

シンク前で並びながら言うと、恵は笑った。

「でも、千石さんみたいに、多くのことをこなせるに越したことはないなあと」

恵は自分が医療の道を進めなかった劣等感を拭えずにいるのかもしれない。これまで何度かそう感じる節があった。

「恵は興味さえ持てば、なんでも習得できそうだけどな」

ただ口先だけで慰《なぐさ》めているわけではない。俺は、お世辞《せじ》やご機嫌取りの類は嫌いで、思ったことしか言えない性質《タチ》だ。

恵は目標を達成するまで突き進む力を持っている人間だと思う。もちろん、勉学においても向き不向きはあったかもしれない。だが、努力はしたものの、どうしても心から打ち込めなかったという結果ではないだろうか。

おそらく、医学よりもずっと興味を引かれたのだ。書道という世界に。

俺が彼女の特性を分析している間、当の本人はまったくピンと来ない様子だ。

俺なんかよりずっと、彼女のほうが褒められるところがたくさんあるのに。それを恵本人が理解していないことに、もどかしさを抱く。

焦燥感に似た感情のまま、細い手首を掴んだ。

「あれだけ冷たく突き放しても、この俺を追ってきた。それも素晴らしい特技だろ」

恵は潤んだ瞳を俯いて隠す。

俺をよく知りたいと向かってきたときとは打って変わり自信のない姿を前に、俺は軽くため息を吐く。それから、強引に小さな顎を掬い上げた。

「――んっ」

頭を傾け、唇を塞ぐ。下唇を噛んでいた恵は、すぐに力を抜いた。

一度唇を離し、啄《ついば》むようにキスを続けると、甘い吐息が漏れ出す。そして、再び距離を取った直後、彼女の瞳はまるで続きを乞うような色気のある表情を浮かべた。

こんな顔、ついこの間までできなかったくせに。

恵は出会ってから何度も俺を煽《あお》り、揺さぶり、翻弄する。

「さっきも言った。恵は深い興味さえ向ければ、大抵のことは会得できる。それは、こういうことにも通ずるみたいだ」

じりじりと距離を詰め、腰を引き寄せて鼻梁を掠める。

「えっ？　あ、ふ……っン」

何度も繰り返し口づけると、恵は無意識なのだろうが俺のシャツをしっかり掴み、離さない。

仕事以外、なににも執着心を持たなかった。

初め、恵を拒絶したのは本能的にわかっていたせいかもしれない。

一度手に入れたら、二度と手放せなくなる――俺にとって、そういう存在になることを。

柔らかな頬と、白い首筋に唇を寄せながら、彼女のブラウスのボタンに手をかける。

そのとき、リビングから着信音が聞こえてきた。

「で、電話！　私のです。ごめんなさい」

俺の腕が緩んだのに合わせ、恵は慌ててリビングへ走っていく。キッチンカウンター越しに恵を見つめていると、彼女の目がこちらに向けられた。

「あの、少しだけいいですか？　明日の仕事についてなにか連絡かもしれなくて」

仕事について、となると十中八九、あの男だろう。

内心穏やかではないが、拒否するほど子どもではない。

俺が「ああ」と許可すると、恵は「ありがとうございます」と言って電話に応答する。彼女の口から『先生』という単語が出た時点で、やはり発信主は篁彩人だと確信した。

数分で通話が終わった恵のもとに、静かに歩み寄る。

「すみませんでした。やっぱり仕事のことで」

こちらを振り返る恵の顔に片手を添えた。驚き固まる彼女の頬を、ゆっくり撫でる。

「明日、仕事なんだろ？」

「そう……ですが」

恵が答えると同時に、あの男が以前言い放った言葉が頭を過る。

この唇にさっきまで触れていたのは俺だ。にもかかわらず、『昔から大切に思っている』と豪語するあいつの顔が俺を苛立《いらだ》たせる。

鼻先を近づけ、キスまであと数ミリといったところで止めた。

「なら、続きはやめとくか。遅くなったら困るだろうからな」

彼女から手を離し、ふいっと身体を背けた。途端に自己嫌悪に陥る。すると、手を掴まれた。

後ろを振り返れば、困惑顔の恵。大方、咄嗟に行動したはいいが、なにを言えばいいか悩んでいるのだろう。

目を泳がせていた彼女は、ふいに俺を見上げ、ぽつりとつぶやく。

「い……意地悪、しないで」

思いがけないセリフに、柄にもなく鼓動が速くなるのを感じた。

それでも、冷静に努めて返す。

「意地悪？　むしろ親切だと思うが」

皮肉めいて笑ってみせると、恵は頬を赤くした。その表情に悪戯心が芽生える。

俺を掴んでいた細い手を取って、その指先に口づけた。

「次は、あれだけじゃ終わらないけど？」

挑発的な言動に、恵がどんな可愛い反応を見せるのか。

しかし、いろいろな想像を巡らせていたが、恵はそのどれとも違う表情を見せる。

「……わかっています」

てっきり、恥ずかしがって背を向けると思っていた。

こんな……応戦するような、欲するような目で見つめられたら――。

すでに余裕なんて影を潜め、俺は両手をリビングの壁につき、恵を閉じ込めた。奪う勢いで唇を重ねたら、恵は甘い声を漏らしながらキスに応える。

夢中で彼女を貪りつつ、手首を拘束《こうそく》して壁に押さえつけた。

「篁彩人の心配が的中したな。清廉《せいれん》な教え子がこんな男に誑《たぶら》かされてる」

鼻で笑って言う俺を、恵はジッと見つめてくる。

「千石さんはいつもそう。どうしてご自身を『こんな男』とか『俺みたいな』とか言うんです？」

無垢《むく》な瞳に吸い込まれる。

なにも返せず固まっていると、彼女はふわりと微笑んだ。

「私にとって魅力的な人。それだけなのに」

ああ。恵が俺を知りたいと何度も言っていたが、俺自身も初めて知った。

誰かとともに過ごす時間が、こんなに充実していると。

肩書きや実績以外で、ここまで心から〝欲しい〟と思える相手がいることを。

6．冷徹非情な彼の熱い告白

「本日はお越しいただきありがとうございました。お気をつけて」

今日は日曜日。教室から去っていく参加者たちを、笑顔で見送る。

「さてと。残すは後片づけだね」

先生に言われ、私は返事をして片づけを始めた。

あの日から今日までの二週間。先生とは、どことなくぎくしゃくしつつも、業務はこれまで通りつつがなくこなしている。幸いこの書道というものは基本的に静かにこなすものだし、教室内で話をする相手はもっぱら生徒さんだ。先生とふたりきりの時間も、事務作業や準備に追われているから、どうにか過ごせている。

大丈夫だよね。きっと、このまま時が経てば気まずさも和《やわ》らいで、忘れていくよね。

膝を折って使用した新聞紙をたたんでいたら、インターホンが鳴った。

さっきまで体験に来てくれていた人かな？　なにか忘れもの？　だけど、アトリエ内にはなにも落ちていない。もしかすると、継続教室の生徒さんがなにか用事があって訪ねてきたのかも。

疑問に思っている間に、先生が玄関へ向かった。

私が事務所内の片づけを進めていると、足音が近づいてくる。顔を上げた瞬間、開け放しの襖《ふすま》の陰から姿を現した人物に目を奪われた。

「えっ!?」

そこに立っているのは、千石さんだ。

「ど、どうして……？」

先生と千石さんのふたりが同じ空間にいる光景を、唖然《あぜん》として見つめる。

確かに今日、私は千石さんと約束をしていて、迎えに来てくれる話もした。だけど、ここに直接訪問するとは聞いていない。

というか、このメンバーは前回が気まずい空気で終わっただけに、また三人で顔を合わせる日が訪れるとは思わなかった。

動揺を隠せずにいると、先生が言う。

「僕が声をかけたんだよ。一度アトリエにぜひ……って」

先生が？　どういう理由で……。

「なんでって顔してるな。恵ちゃんは本当にわかりやすい」

笑いながらなにげなく私に触れようとした先生の手を、瞬時に千石さんが阻止する。

「このご時世《じせい》、女性には無暗《むやみ》に触れないほうが賢明《けんめい》ですよ」

千石さんは完璧な営業スマイル。普段私と一緒にいるときみたいな雰囲気じゃない。

すると、手首を掴まれた先生もまた、にっこりと笑みを浮かべて返す。

「ご忠告ありがとうございます」

「いえ。ですが、お気をつけください。次はないですよ」

ふたりとも顔は笑っているのに、空気はピリッとしてちぐはぐだ。私が場を和ませたいところだけど、なにせこの状況にまだついていけていない。

「あちらが、僕たちがアトリエと呼んでいる場所です。壁にいくつか彼女の作品を飾っています」

「お邪魔してても？」

「ええ。もちろんです」

先生に許可をもらった千石さんは、颯爽とアトリエへ歩みを進めていった。

私の作品を真剣に見る横顔に、胸の奥が熱くなる。

「驚いたよね」

気づけば近くまで来ていた先生がそう言った。

「はい。いろいろと」

先生は、穏やかな面持ちで千石さんを眺めながら口を開く。

「僕はまだ、彼について噂程度のことしか知らない。不安なら、彼を敬遠《けいえん》するのではなく、よく知るべきかと思ってね」

あの日、先生らしからぬ感情的な言動を取られて心底驚いた。だけど、今日の先生は私のよく知る先生で安心する。

すると、先生が真面目な声で続ける。

「でも、火のないところには煙は立たないとも言うだろ。だから、もし恵ちゃんがなにかされたら、遠慮なく僕を頼ってほしい」

千石さんが冷淡だとささやかれていることは事実のよう。ただやっぱりそれは私が説明するよりも、先生自身が見て、感じて気づいていってほしい。

私は先生と正面から向き合って、粛々とお辞儀をした。

「ありがとうございます。でも、お気持ちだけ頂戴《ちょうだい》します」

頭を上げ、まっすぐ先生を見る。先生は目を丸くしたのち、苦笑した。

「はは。そうだった。恵ちゃんは、こうと決めたら簡単には曲げない子だったね。それがいつしか……ひとりの女性としての魅力に映ってしまっていたんだなあ」

その言葉にどう返せばいいか、すぐには返答が浮かばない。

懸命に考えていると、先生がアトリエに目を向けて声をあげる。

「あ。彼がまた僕を威嚇《いかく》してる」

「えっ」

咄嗟に振り返ると、確かに千石さんがこちらをジッと見ている。けれど、それも長くはなく、すぐに顔を背けた。

「いつでもまっすぐな恵ちゃんが選んだ相手だ。最後に残る思いは、やっぱり応援したい気持ちだよ」

先生の柔和な笑みと言葉を受け、安堵と感謝の念を抱く。

「まあ彼も、どうやら君を大事に思ってはいるみたいだしね」

先生が最後に付け加えたひとことに、私は静かに微笑み返した。

後片づけを終わらせ、先生に挨拶をして、千石さんと一緒に教室をあとにする。

私は彼の車に乗り込んだ。

「驚きました。顔を上げたら千石さんがいるんだもの。先生がお誘いしたそうで」

「前々から、恵の作品を実物で見てみたいと思っていた。じゃなきゃ、わざわざ彼の誘いになど乗らない」

千石さんはハンドルを握って前を向いたまま、淡々とそう答えた。

「私の作品を今でも置いてくださっているのは、篁先生のアトリエくらいですから。ときどき、先生が主催する展示会などがあれば、飾っていただくこともあります。もっと私に積極性があったなら、先生が関わっているコンクールに片っ端から挑戦するんでしょうけれど」

わかっていても競うことが得意ではなくて、結局先生の下で細々と書いている。

「前にも話したが、俺は書道界について詳しくない。だが、恵の作品は好きだ」

さらりと言われた最後のひとことに、胸がきゅっとした。

千石さんははっきりとした人だから、素直にうれしくなった。さらに、大切な人に自分の続けてきたものを『好き』と認めてもらえたことに、感極まった。

膝の上で重ねていた自分の手を握りしめる。

「私も。千石さんの書く文字が好きです」

千石さんの横顔に微笑みかける。信号で一時停止した彼は、私に柔らかい瞳を向けた。瞬間、さっきは穏やかだった心音が一気に大きく速くなる。

これまで感じたことのない感覚に戸惑う。

誰かを好きになるって、単純にその感情が持続するだけじゃないんだ。どうしよう。

初めに彼を特別だと自覚した頃よりももっと、気持ちが大きくなっているのがわかる。

千石さんと視線を交わす。まるで時間が止まっているみたい。なのに、心臓はますます慌ただしく跳ね回る。

「……恵。今、自分がどんな顔をしているか、わかってるか？」

「どんな顔……って」

急な質問にしどろもどろになっていると、千石さんは私の右手を軽く握った。

「気をつけろ。俺の理性が飛んで困るのはお前だからな」

ドキッとするほど色気のある低い声と流し目に、身体が熱くなる。

信号が青に変わり、彼は手を離して元のハンドルの位置に戻した。そして正面を向き直し、運転を再開した直後、思い出したように口を開く。

「そうだ。忘れないうちに言っておく。葉山崎グループのパーティーには、俺も出席することになった」

「え？」

突然の報告に目を点にする。

葉山崎グループ主催の葉山崎ホスピタル設立七十五周年を記念するパーティーは、確かに来月開催される。

だけど、私からその話題を出したことはなかったから、それを知っていることにも驚いたし、なにより出席すると聞いて固まってしまった。

「うちの総支配人の代わり。どうしても出席が難しいらしいから俺が」

「ああ、なるほど……そういう理由ですか。びっくりしました」

千石さんの横顔を見つつ、密かに喜ぶ。

実をいうと、我が葉山崎グループを代表する病院の設立記念パーティーなのだから本来こんなふうに思ってはいけないとわかっていても、本音はちょっと憂鬱《ゆううつ》だった。

親族はもちろんのこと、たくさんの人たちが集まる場はどうしても気を張るから。

だけど、千石さんが同じ空間にいると思えば……。

「うれしいです。一緒にはいられなくても、会場内に千石さんがいると思えば心強い」

自然と顔が綻んだ。すると、千石さんは意味深なため息をつく。

「十分気をつけるように」

「気をつける？」

「下心のありそうな男には、そういう顔を見せなくていい。当然、さっきみたいな表情も絶対に見せるな」

彼が言わんとしていることがわかり、不謹慎《ふきんしん》ながらうれしく思う。

「見せようにも、相手が千石さんじゃなければきっと無理だと思いますよ」

恋は、どんな憂鬱を前にしても幸せな気持ちが勝るのだと、身をもって実感した。


その夜。帰宅して玄関を開けるなり、母がやってくる。

「おかえりなさい。恵、リビングでお父さんが待ってるわ」

どことなく落ち着かない様子の母に、思わず眉を顰めて返した。

「え？　なに？」

母についていく形でリビングへ入ると、父はソファに座っていた。テレビを観るでもなく新聞を手にしているでもなく、ただ黙って。

その光景に、日常との違和感を抱く。

「ただいま。お父さん、私を待っていたって……」

声をかけている途中で、ローテーブルの上の台紙に目が留まった。

クリーム色でエンボス加工された花柄の台紙は、どう見ても写真だと思った。同時に、それがなにを意味するのか直感が働く。

私の視線に気づいた父が、台紙の上に手を置き、こちら側へスッと差し出す。

「うちが世話になっているメガバンクのご子息だ。今度の設立記念パーティーにもいらっしゃるから、まずはそこで挨拶しなさい。正式な見合いは近日中に……」

「待って。そんな急に言われても」

「急でもないだろう。結婚は家と家が繋がるものだ。わたしの認めた相手でないとだめだと、昔から話していたはずだ」

父は語気を強めるでもなく、ただ当然のように返してきた。

父が認める相手じゃなければ……という主旨については、確かに話していたと思う。けれども、〝父が認めた相手〟というのと、〝父が勝手に相手を見繕ってくる〟のとでは意味合いが違う。縁談があったとしても、私の気持ちありきだと信じていたのに。

ううん。今となっては、そんなことよりもお見合いはしないと言わなくちゃ。

「仕事はお前の好きなことをやらせた。だけど、どうだ。せいぜい習字の先生――の補佐止まりだろう。結婚は失敗しないほうがいい。だから、親の言うことを……」

「この縁談は、経営を立て直す手段として選んだ相手じゃないの？」

病院の経営がうまくいっていないって、母が言っていた。メガバンクのご子息と聞くだけで、そういった事情が感じ取れる。

「私だって、なにか役に立ちたい気持ちはあるわ。医師にはなれなかったから。だけど、こんな……結婚は私の一生のことなのに」

「一生のことだからだ。生きていくには綺麗ごとだけではどうしようもない。このお相手なら、恵は苦労せず幸せになれるはずだ。それに、結婚したあともお前の趣味は尊重すると言ってくださっている」

「趣味……」

父のひとことに大きなショックを受け、無意識につぶやいていた。

趣味と言われれば確かにそう。でも、私は私なりにこの仕事に誇りを持って……。

居た堪れない思いと悔しさとで、拳をぎゅうっと握りしめる。言いたいことはたくさんあるのに、言葉が纏まらない。

「とにかく、来月のパーティーで会うことは決まっているから」

「私、今お付き合いしている方がいます」

もっと、慎重に伝えて認めてもらいたいと思っていた。でも、心に余裕がなくて、反抗するかのように言ってしまった。

すると、さっきまでまだ穏やかだった父が、ややピリッとした空気を出す。

「相手はいくつで仕事はなにをしている？　その相手の両親は？　交際期間は？」

激昂《げっこう》こそしていないものの、鋭い眼光と低い声にたじろいだ。

どうにか目を逸らさずいたものの、つい声が小さくなる。

「一か月前に……。彼はホテリエで、今は三十一歳で……ご両親の話はまだなにも」

「なら、問題ない。今別れを切り出しても、浅い傷で済む。いや、傷すらつかない」

「どうしてそんなこと、お父さんにわかるの」

傷つかないだなんて。そんな簡単に判断できるものではないのに。

先に感情的になったのは私のほう。父はむしろ冷静さを取り戻し、ソファの背もたれに身体を預ける。

「たった一か月か。まあしかし、一般的にその相手の年頃で交際するとなれば、結婚を視野に入れるだろう。お前はうちの話をしていないのか？」

「少しだけ……」

正確にはまだ一か月未満。彼の背景について情報はなく、将来についてどう考えているのかも、そこに私の存在を残してくれているかもわからない。

「だったら、うちの格に怖じ気づいて、将来の話を先延ばしにしているのかもしれないな。普通、どちらかが家の話をすれば自分の話も切り出すものだ」

「そんなこと……！」

「では、なぜ向こうは自分の話をお前にしないんだ。その様子だと、だらだらと関係が続くだけで、あっという間に時間が経ってしまうのが目に見えている」

『一般的』とか『普通』とか、父の言い分はどれも納得のいかないものだった。

しかし、私にはこういった知識はおろか、千石さんについて父が知りたがっている事柄を詳しく説明できるほどの情報もない。現状では、父を説き伏せられるカードを持っていないのがわかるがゆえに、強く反発もできず歯痒さだけを感じていた。

「それは……単に私が聞こうとしていなかったから」

「聞かなければ話さないのか。その時点で答えは出てるな」

一笑されてムッとした私は、必死に反論する。

「だって、私は肩書きで好きになったり嫌いになったりしない。彼が何者であっても、彼自身に惹かれてる。理由はそれで十分なの」

「ままごとだな。生きていくためには、そうも言っていられないのがわからないところが、まだ子どもだというんだ」

父は呆れ交じりに言って、ソファから立ち上がる。私を横切り、歩き出した。

父がドアノブに手をかける直前、その背中に向かって言葉をかける。

「全部、私を心配してくれている気持ちからだって信じてる。でも、お見合いは受け入れられない。ごめんなさい」

感情的にならないように、思いの丈をぶつけた。でも……。

「これは、確かにうちのためにもなるが……恵にとっても悪い話ではないんだ」

父は私に背を向けたまま答え、リビングから出ていってしまった。

あまりの急展開に、茫然と立ち尽くす。

そんな私のそばに、リビングの隅で一部始終を聞いていた母がやってきて、やさしく肩を抱いてくれた。

その夜は、ずっと心がざわめいて眠れなかった。


数日経っても、状況はもちろん、私の気持ちも変わらず落ち着かないままだった。

ひとりで抱え込み続けることが苦しい。だけど、こんな話を気軽に打ち明けられる相手もいなかった。

さすがに親友とはいえ、和香奈にも言い出せない。母にも、父と私との間で板挟みになっているのがわかるから、本音でぶつかっていけない。

そして、一番肝心な千石さんへは……。結局、まだ話はしていなかった。

今日は午後から千石さんと会って、以前約束したペットグッズを見に行く予定だけれど……。そのときに伝えるべきか否か、決めあぐねている。

自宅近くまで車で迎えに来てくれた千石さんと落ち合い、助手席に乗り込んだ。

「わざわざすみません。ありがとうございます」

笑顔を作ってお礼を伝える。

千石さんが車を動かし始めると、ぼんやり窓の外を眺めた。

どうしよう。こんな事情を千石さんはどう受け止めてくれるんだろう。迷惑がられたら嫌だな。

「……み。恵？」

「え、あっ！　ごめんなさい！　ぼーっとしてて」

どうやら考えごとをしている間、話しかけられていたみたい。

慌てて取り繕い、バッグからスマートフォンを取り出した。

「あ。えっと、オススメのペットショップの住所、お伝えしたほうがいいですよね」

「それ、キャンセルで。また次回にする。今日はこのまま俺の家に行く」

「えっ。どうして」

冷ややかに即答され、胸がざわっとする。

私が失礼な態度を取ってしまったから……。怒らせたのかもしれない。

不安でいっぱいになりながら、千石さんの横顔を見つめる。

彼は信号で停まると、ゆっくりこちらを振り向いて言った。

「どうしてかは、自分が一番わかるだろ」

途端に心臓が嫌な音を立て始める。

千石さんは見透かしたんだ。私が靄《もや》を抱えていて、心ここにあらずだったのを。

そして、千石さんは宣言通りマンションに向かった。

到着するまでの間、会話はなく、部屋に着いてもなお、私たちはひとことも言葉を交わさなかった。もうこの重苦しい状況に押し潰されそうで、ちょっとでも気が緩めば泣き出しそうなほどだった。

ダイニングチェアに座っていると、いつもと同じカップを出される。紅茶の香りさえも感じる余裕はなく、「いただきます」と機械的にひとくち含んだ。

普段ならこの紅茶を飲むと緊張が解れるのだけど、今日ばかりは効き目がない。

「で？」

突如声をかけられ、ビクッと肩を揺らした。

テーブルに置いたカップを見つめたまま、顔を上げられない。

「俺はやさしくないと散々言ってきたはずだ。抱えてるものを吐き出すまで、ずっとこの状態だぞ」

彼をちらりと窺うと、まっすぐこちらを見てくれていて自然と肩の力が抜ける。ぶっきらぼうに言ってみせる彼からは、十分やさしさを感じられた。

言うなれば、私が話せるまでこうして付き合ってくれる、といった意味だと思ったから。

「父にお見合いを勧められ、今度のパーティーで挨拶を、と言われました。恋人がいると話して断ったのですが、父が聞く耳を持たなくて……」

私はぽつぽつと事の経緯を並べていく。

「急に？」

「急といえばそうですが、私の結婚については数年くらい前から、父が認めた相手でなければ……とは言われていて」

「認めた相手、ねえ」

千石さんは冷笑交じりにつぶやいた。

「その……今回、突然縁談を持ちかけられたのは、お恥ずかしい話なのですが、一部経営がうまくいっていないらしく、それが一因ではないかと思っていて。お相手はメガバンクの頭取《とうどり》のご子息だとか」

どうしても、あまりいい話題ではないから早口になってしまう。

「私、改めてきちんと話します。ただ、もし会場で私が男性といるところを見かけても……誤解だけはしないでください。お願いします」

一番に伝えたい気持ちはそれだった。

私が深く頭を下げ続けていると、彼が答える。

「わかった」

理解を得られたことに、ほっと胸を撫で下ろすと、千石さんはおもむろに椅子を立ち、こちらに来る。

「それで顔色もあまりよくなかったんだな。まともに寝てないだろ」

そしてそう言って、私の腕をグイッと引っ張り、そのまま抱え上げた。

私が声にならない悲鳴とともにしがみつくと、彼は真剣な顔つきで続ける。

「今日の予定は昼寝。夜はまた適当に俺が作る」

「え！　でもせっかくお休みが一緒で……！　しーちゃんの買い物も」

「あいつのものは、今回命に関わるものじゃない。なら、優先すべきはこっちだ」

有無をいわさず、ベッドルームに運ばれる。ベッドに下ろされ、茫然とした。

ここにひとりで？　落ち着かなくて絶対眠れなさそう。微かに千石さんの香りがする部屋で、そう簡単に寝たりできない。

すると、千石さんが隣に横たわった。予想外の行動に、思わず凝視する。

「なに」

「あ……付き合ってくれるんですか？　昼寝……」

たどたどしく尋ねたら、彼はジッとこちらを見て右手を近づけてきた。

反射で目を閉じたら、ゆったりと頭を撫でられる。そのあと、ふいうちのキスが待っていた。

触れるだけの軽いキスののち、千石さんが目を覗き込んでつぶやく。

「さっさと寝ないと襲うぞ」

「……ふふっ。はい」

心が解れた私は、ゆっくり瞼を下ろす。

完全に目を閉じる間際、千石さんがなんだか難しい表情を浮かべていたのを虚《うつ》ろな視界で見ていた。


そうしてあっという間に暦《こよみ》も変わり、葉山崎ホスピタル設立記念パーティーの日がやってきた。

紅葉《もみじ》柄の袷《あわせ》の着物に袖を通し、母とタクシーで移動する。父はすでに会場へ行った。

父とはあれから話していない。普段の仕事に加え、今日のパーティーの準備でも忙しかったみたい。

私が仕事でいないとき、母は今回の縁談について、一度だけ父にかけ合ってみたらしい。結果は予想通りで、取り合ってもらえなかったと言っていた。

結局当日にはなってしまったけれど、父にもう一度きちんと話をして、納得してもらう。病院経営のほうは……直接力にはなれなくとも、なにかできることを模索《もさく》していこうと思っている。

タクシーの中から、外の景色を眺めた。

初め、今回の設立記念パーティーは、祖父ならもしかして会場はカメリヤにしているのかな？　と思ったけれど、東京駅付近のホテルを予約していたらしい。遠方から来るゲストのための配慮だろう。

私は母とともにエレベーターでパーティー会場に向かった。

このホテルの中で一番広い会場というだけあって、足を踏み入れた瞬間、招待客の数や内装の豪華さに圧倒される。

親族を見かけるも、誰もが挨拶回りで忙しそう。父ももちろん同様で、話をするどころではなさそうだ。私も私で、引き続き母とともに行動し、いろんな人たちと話をしては離れの繰り返し。

そうこうしているうちに、式次第《しきしだい》に沿って設立記念パーティーは進行していった。

祖父をはじめ、叔父やそのほかの人たちのスピーチを耳に入れながら、チラチラと辺りを見る。千石さんはどこにいるのかなと、気になっていた。

しかし、あまりキョロキョロしすぎるのは行儀が悪い。結局、千石さんを見つけられないまま時間は進んでいった。

仕方がない。だって、百人単位の招待客だ。そう簡単に見つけられないだろうとは予想していた。

三十分後、歓談の時間になり、母から一度父と合流すると言われ、ひとりになる。

今がチャンスだ。私は席を立ち、さりげなく会場を見渡す。けれども、多くのゲストが行き交っていて、どこもかしこも人の海。

大体にして、彼もまた仕事としてここへ出向いているのだから、私が声をかけたところでビジネスライクに返されて終わりそうだけれど。

会場内には、いくつかの輪ができている。祖父を中心にしたものや、叔父を中心にしたもの。その中に、当然父の集まりもあり、それを遠目に見てため息を吐いた。

できれば縁談の相手に会う前に、父ともう一度話をしたかった。だけど、パーティーが始まっちゃったら無理だよね。甘く考えすぎてたなあ……。

肩を落として壁際へと移動する。テーブルに並べられていた料理を見て、思わずカメリヤが頭に浮かんだ。

カメリヤの料理も、盛りつけが美しく、美味しかった。またゆっくり食べに行きたいな。

カメリヤを反芻すると同時に、千石さんを想う。

そういえば、この前千石さんに振る舞ってもらったオムライス。あれ、プロ並みに綺麗で美味しかった。なにより楽しいひとときだった。

——会いたい。

なにをしていても、結局千石さんのことを考えちゃう。その流れで、お見合いについて報告した日のことを思い出す。

あのとき、現実と夢の狭間《はざま》で見た彼のなんともいえない表情が頭から離れなかった。

どうしよう。また不安になっちゃう。

「大丈夫？　具合でも悪い？」

突然声をかけてきた男性ゲストは見知らぬ人だ。

私より少し年上くらいの男性が、やたらと距離を詰めて心配してくる。

「顔色もあまりよくない気がするね。会場の外に出たほうがいいんじゃない？」

物腰は柔らかなのに、強引さを感じる。

急なことでしどろもどろになっていると、その人はやたらと近くに寄ってきて、私の背中に手を回した。瞬間、ぞわぞわと背筋に嫌な感覚が走る。

……嫌。触らないで――。

そのとき、私のそばにまた別の誰かが立った気配を感じた。

「失礼。彼女はわたくしのパートナーです。距離を保っていただけませんか」

安心感のある声に、自然と顔が上がる。

大勢のゲストで溢れ返る中、千石さんは私を見つけてくれたんだ。

颯爽と助けに入ってきてくれた彼は、丈の長いモーニングスーツ姿。

シャツは襟の先を折り返すウィングカラー。淡いブルーのベスト、光沢のある明るいシルバーグレーのネクタイ。そして、胸元には見るからに上質な生地のポケットチーフをあしらっている。

なにより、これまで見たことのない七三分けのトップを少しふわりとセットしたヘアスタイルは、さながら英国紳士のようでかっこよく、彼にとてもよく似合っていた。

仕事中のスーツ姿とは全然違う。見た目も雰囲気も。

立ち姿だけで高貴なオーラを漂わせ、クールな視線にもかかわらず心を惹かれる。

やっぱり私が心を動かされるのは、ひとりだけ。

千石さんに見惚れていると、男性はそそくさといなくなっていった。

「千石さん！　ありがとうございます」

「いや」

千石さんが口を開くと同時に、別方向から突然父がやってきた。

「ああ、いた。恵。探して……ん？　そちらは……？」

父は私だけ見ていたのか、千石さんの存在に遅れて気がついた様子だ。

すると、千石さんが一歩前に出る。

「葉山崎ホスピタル院長の葉山崎勉《つとむ》様でいらっしゃいますね。本日はご招待をいただきありがとうございます」

父はピンと来ていないような反応を見せたものの、千石さんは動じず優雅な笑みを浮かべた。

「わたくし、ザウエステートの千石怜と申します。近日中に、病院とホテルの連携に関する新事業の責任者を引き継ぐこととなりました」

そう自己紹介し、美しいお辞儀をする千石さんを食い入るように見る。

ザウエステート……ってなに？　千石さんは、スノウ・カメリヤ東京の統括事業部支配人のはずなのに。

「ザウエステート？　なぜそのような方が娘と一緒に……」

父はつぶやきながら、ハッとした表情を見せた。直後、千石さんがこれまで以上に深く頭を下げる。

「ご挨拶が遅れ申し訳ありません。恵さんとは真剣に交際させていただいております」

千石さんの言葉に、父は絶句してなにも言えないみたいだった。そして、父同様、私も突然の宣言に驚き、焦った。

本来なら、父に自分の気持ちをきちんと聞き入れてもらったうえで縁談の話を断り、千石さんのことを改めて説明しようとしていたのに。全部半端なまま、本人と対面してしまった。

焦慮《しょうりょ》に駆られる私に構わず、父は千石さんに問いかける。

「今、仰っていたことは……本当ですか？　その、娘と……」

「はい。ゆくゆくはわたくしのもとへ迎え入れられたらと考えております」

ゆくゆく……千石さんのもとへ……？　なにが起きているのか、さっぱりわからなくなってきた。さっきの、千石さんの肩書きも解決していない。

狐につままれた気持ちで黙って立ち呆けるも、千石さんと父は話を続けていく。

「つきましては、まずビジネスのお話をさせていただきたく存じます。不躾ではございますが、近日中にお時間いただけますでしょうか。理事長にもぜひご同席を」

千石さんは流れるように名刺を差し出した。

「こちらからまた改めてご連絡いたします。よろしくお願いいたします」

父は名刺を受け取りはしたが、なにも言わず……ううん。なにか言う気持ちの余裕もなかったみたい。

「引き続き多くの方々への挨拶があるところ、これ以上お時間を割かせてしまっては申し訳ありませんので、わたくしはそろそろ。このあとも、素敵な設立記念パーティーを楽しませていただきます」

「あ……ええ。どうぞ、ごゆっくり」

父に向かって再度一礼した千石さんは、立ち去る直前、私に視線を投げかけてきた。

私たちは千石さんの背中を見つめる。ふと、父の手の中の名刺に意識が向いた。

「お父さん。ちょっとだけ見せて」

「あ、こら。恵！」

そこには【Thou Estate Co., Ltd.　本社　取締役兼新規事業部本部長　千石怜】と記載があった。以前、私がもらった名刺とは違う。だけど、偽《にせ》の名刺を父に渡すなんてことも考えられない。

どうなっているの？　……考えたところで、答えが出てくるわけもない。とにかく、千石さんに直接事情を聞いてみなきゃ。

千石さんを追いかけようとしたとき、父に話しかけられる。

「そうだ。恵に伝えることがあったんだった」

「なに？」

頭の中は追いかけたい気持ちでいっぱい。そのため、返答がおざなりになった。

「大事な話だ。今日挨拶を予定していた方だが火急の用とかで、先方は今日お見えになっていないらしい。さっき秘書から聞いてな。だからとりあえず、この話と……さっきの彼の件は改めて」

そうだった。お見合い相手との挨拶を予定されていたんだった。じゃあ、とりあえず今日は顔を合わせなくてもよくなったんだ。

心底ほっとして、「そう」とだけ返す。

父は私を見てなにか言いたげな顔をしていたけれど、来賓《らいひん》を気にして戻っていった。

あのあとも千石さんを探していたものの、ゲストの人数が多すぎて見つけられていない。ようやくパーティーが終わり、私は父や母とともにゲストのお見送りをしていた。その間も千石さんを探しているのに、やっぱり見つけられない。すでに会場を出てしまったのかも。

表向きは笑顔を作ってはいるものの、内心は焦りでいっぱいになる。

千石さんが最後まで席にいたのは確認した。今ならまだ、ホテル館内にいそう。

私はついに我慢できなくなり、母に耳打ちする。

「お母さん、ごめんなさい。今日来てくださった方に、お伝えしなければならないことがあるのを忘れていて。急ぎなの。追いかけなきゃ」

「えっ？　恵？」

「ごめんね」

母へ一方的に謝るなり、さりげなくその場を抜け出す。

会場後方の出入り口から吹き抜けの廊下へ出る。前方のロートアイアン製の手すりに両手を乗せ、階下のロビーを見下ろした。すると、彼の後ろ姿をすぐに見つける。

モーニングコートを着たスタイルのいい男性はそうそういない。千石さんに間違いない。エントランスまで数メートルのところを歩いている。

私はすぐさま階段を下る。千石さんは、すでにエントランスに差しかかっていた。

もしも、タクシーにでも乗り込まれたら追いつけない。

急く気持ちのあまり、着物姿なのにも構わず走り出していた。最後の自動ドアをくぐり抜け、数時間ぶりのお日様の光に目を細めながらも手を伸ばす。

声をかけるよりも先にその腕を掴むと、千石さんは驚いた顔でこちらを振り返った。

「恵？　なにして……」

「知りたいことがあります」

息切れ交じりに言って、千石さんを見つめる。

「さっき……お勤め先の名称に……驚きすぎて」

私の言葉を聞き、千石さんは一笑した。

「聞かれないことをいいことに黙っていたからな。恵が不信感を覚えるのは仕方がないとは思ってる」

「不信感？」

「ああ。ほら、さっきも言っただろ。葉山崎ホスピタルと新規事業を進めたいって。あんなことを言えば、そのために俺がお前に近づいたと思われても仕方がない」

千石さんはザウエステートで新しい事業を始める部署を指揮していて、その事実を伏せて私と一緒にいる……って？

「千石さん。それ、本気で言ってます？」

一歩近づき、再び足を揃え彼をまっすぐ見据えた。そして、真剣な思いで訴える。

「近づいたのは私です。それを、あなたは何度も拒絶した。それでもなお、あきらめずに纏わりついたのは紛れもなく私なんですよ？」

私から行動を起こしたことなのに。いくら切れ者と言われる彼だって、私をそばに置いておく理由が、ビジネスのための策略《さくりゃく》だっただなんてありえない。

確かに、積極的に自分の背景を語ってはくれなかった。けれど、私がそれを特に求めていなかったのだから、おかしな話ではない。

すると、彼は軽く目を伏せ、握った手を口元に添えて小さく笑った。

「はは、そうだった。恵は半端な情報で判断する人間ではなかったな」

思いがけない言葉をもらい、すぐには反応できなかった。

私のことを見て、感じて。そういうふうに思ってくれているんだと、簡単に表現できない感動にも似た感情が胸の奥から湧いてくる。

「恵は、ちゃんと向き合って知ろうとする強い人間だった。だから、惹かれるんだ」

ブレない瞳と凛とした声に、彼の誠実さが伝わってくる。

私もまた、時間も場所も忘れ、千石さんを目に映し続けた。

だって、うれしい。日頃の千石さんは、やさしさとか思いやりとか、ちょっとわかりにくいタイプ。それが嫌だとかいう話ではなくて、そういう彼を少しずつ理解して、ささやかな幸せを感じてきた。

だけど今、目の前にいる千石さんからは、不器用さなど欠片《かけら》も感じられない。

さっきから、照れてしまうくらいストレートに言葉を紡《つむ》いでくれている。

「本当は……千石さんの肩書きよりも、気になっていることがあるんです」

その先は一気に口にはできなくて、一度すうっと深呼吸をしてから改めて彼を見た。

「私を……その……迎え入れたい、と」

父の前で、臆《おく》せずにそう言い切っていた。あのとき、聞き間違えたかと思うほど驚いていたのだ。

千石さんは一瞬目を丸くしたが、すぐいつもの冷静な雰囲気に戻る。私の手を取ると、方向転換して足を進めた。

私は抵抗もせず、自ら彼についていく。エントランス入り口の横の細い道を通り、さらに数メートルも歩けば辺りに人影はひとつも見受けられない場所に着いた。

カメリヤと比べたら到底敵わないまでも、ちょっとした庭園がある。見上げる高さの木々と芝生があり、どこか心が落ち着く景観だ。けど、今ばかりは落ち着いてはいられない。

あの言葉の意味を……。彼の回答が気になってしまって……。

緊張で心臓が大きく脈打つのを感じていると、千石さんは怜悧な目を向けてきた。

「恵」

たったひとこと名前を呼ばれただけなのに、背筋が伸び、途端に怖くなった。

期待してしまったのは私の勝手。なのに、もしも『あれはその場を収める嘘だった』と告げられでもしたら……。

思わず俯いた。その直後、千石さんに左手を取られる。

そして——。

「え……千石さん？　これ……」

薬指に違和感があり、見てみると指輪がはめられていた。

驚いてなにも言えず、ただ彼を見つめる。

「俺は狡猾《こうかつ》な男だ。お前の周りにほかの男がチラつけば手を回し、俺から離れられなくなるように手段を選ばない」

その内容は穏やかではないはずなのに、胸の奥が熱くなる。

「だから今も、ムードもなにもかも二の次で、今後ほかの男を牽制《けんせい》できるならって理由だけで、こうして指輪を贈ることも厭《いと》わなかった」

彼は再び私の手を引き、強く抱きしめた。

「俺にとってお前は唯一無二だ。これまで得てきた知識や力、総動員させても手放さない」

間近で私を見下ろす千石さんの瞳は、力強く柔らかい。

彼と出会って、目を合わせてくれて、言葉を交わしてくれて……それだけでもう見返りなんかいらないと思ってきた。けれど今、私を心から求めてくれる言葉や切実さを感じる声、その表情を前にして、こんなにも喜びに胸が震えている。

感極まって涙目になるのをどうにか堪えていると、彼は繋いでいた手を離し、今度は私の顎にスッと添えた。

「お前が近づいた相手は、そういう男だ。泣いても喚《わめ》いても逃がさない。俺のそばに置いておく。今日この瞬間から、ずっとだ」

彼の迷いのない発言に、私は驚きよりもうれしさが募る。

視線の先の漆黒《しっこく》の瞳には、私しか映し出されていない。それがこんなにも幸せな気持ちになるものだなんて。

数秒前まで我慢できていた涙が目尻からこぼれ、頬を伝う。同時に、じわりとした温かな感情が溢れ出し、笑い声を漏らした。

おかしな反応をする私を見て、千石さんは唖然とする。

「おい。この状況下で泣くのはわかるが……笑うヤツは恵くらいだ。どっちかにしろ」

やさしい手で頬を拭われながら聞く千石さんらしい物言いに、ますますうれし涙を流す。

「ごめんなさい。でもだって。今の、プロポーズにしか聞こえません」

「これを渡したら、それ以外のなにものでもないだろ」

千石さんはそう答えると、私の薬指にはめられている指輪をなぞる。

「……もう。うれしすぎます」

本音をこぼして彼を見上げると、極上の微笑みを返される。

あきらかに〝特別〟な柔らかな表情を目の当たりにして、胸がきゅんとして止まらない。

どうしていいかわからず、慌てて身体を離し、彼に背を向けた。

高鳴る心臓に手を添えて、どうにか気持ちを落ち着けようと努力する。

瞬間、彼が後ろから私に影を落とし、顔を回り込ませるような形でキスをした。

「う、ンッ」

温かな唇を重ねられ、ここが外で少し先はホテルのエントランスがあることなど、すっかり頭から消えていた。

いつしかもう、私の世界は千石さんを中心に回っている——。

ゆっくりと離れていった唇が、魅惑的な声を奏でる。

「……恵なら、多くの男に欲しがられるだろうが、俺は恵しかいない。だから、もしも取られそうになったら、悪役《ヒール》になってでも奪い返す」

耳元でそうささやかれ、胸の奥が甘くしめつけられる。

待って……。こんなふうに情熱的に宣言されたら、冷静でなんかいられない。甘やかな言葉が、熱いまなざしが、彼を今までとは違って見せる。

好きで、好きで……この気持ちって、天井知らずなの？　どうしよう。自分が抱えている感情に慣れるどころか、毎日更新されていくなんて。自分の気持ちなのに飼い慣らせる気がしない。胸いっぱいに感情が溢れちゃう。

ドキドキしすぎて声が喉の奥に詰まって出てこない。

困っていたら、千石さんがポンと背中を軽く叩いた。

「もう戻れ。途中で抜けてきたんだろ。また連絡する」

私は身体半分振り返った。すると、秋の柔らかな陽射しを背にした彼が、それと同じ……ううん。お日様よりも柔和に目を細めていた。

「はい、また」

そして、照れくさい気持ちのまま彼に背を向け、その場を去った。


数日後。私は自分の部屋でスタンドミラーと向き合い、身だしなみを確認していた。

スーツを着るのは就職活動ぶりかもしれない。

スタンドミラーの中の自分と目が合い、そっと右手を鏡に添える。

あの日以降、千石さんからの連絡は一度だけ。

電話がかかってきて、『しばらく忙しくなりそうだ』と言葉少なに説明された。

おそらく、カメリヤではなく……ザウエステートの仕事が大変なのだ。

その電話で私は、千石さんがカメリヤを退職してザウエステートに移ったとわかり、詳細が気になりつつも聞けなかった。本当に忙しそうな声だったし、大事なことほど、可能な限り顔を見て話をしたいと思って。

そのとき、ノックの音がして我に返る。返事をすると、父がやってきた。

「恵。出発前に、ちょっといいか」

「なに？」

父はこれまでのような威圧感はなく、静かにベッドの脇に腰を下ろした。

「今日、このあと会う予定の彼の話を少し」

父の言う『彼』とは、千石さんのことだった。

実は今日、葉山崎ホスピタルにて商談を執り行う予定になっている。それに、なぜか私も同席を求められているのだ。もちろん、依頼主は父ではなく千石さん。ビジネスの話の場のはずが、なぜ私も？　と疑問はあったけれど、行けばわかることと思って受け入れた。

「その前にまず……例の縁談の話だが。結論から言うと白紙に戻した」

「え？　本当？」

思いがけない報告に心が軽くなる。しかし、なぜこうもあっさりと……？

疑問に思っていると、父は頭を抱え、苦虫を噛み潰したような顔をして続ける。

「お相手が……いわゆるマッチングアプリというものに片っ端から登録し遊んでいる男だった。何度かトラブルにもなって揉み消していたらしい」

開いた口が塞がらないとは、まさにこのこと。そんな問題のある人だったなんて。

今回、縁談が進む前に明るみに出て白紙となったのは、幸運だ。

だけど、病院の経営のほうは大丈夫なのだろうか……。とはいえ、やっぱりそのための結婚は考えられないから、私には父を助ける方法はない。その事実だけは、もどかしい。

悶々《もんもん》と考え込んでいると、父が顔を上げてこちらを見た。

「その事実をあきらかにしたのが……千石さんだという話だ。恵、お前はいまだに彼の家についてなにも知らないままなのか?」

父の問いかけに、私は黙り込んだ。その反応から父は察したらしく、次々と彼について言葉を並べ始めた。

彼はザウエステート経営者のご令息で、次期総帥《そうすい》となる予定の人。

大学卒業後に一度自社のグループ傘下《さんか》であるホテル事業に関わり、三年間は本社で、その後、志願して現場で二年間勤務し、ホテル経営のノウハウを習得したらしい。

その二年で総支配人まで駆け上がり、業績を伸ばした彼は、なぜか自社とは関わりのない同業他社へと移ったという。

つまり、スノウ・カメリヤ東京へ——。

父の話からは、経歴を知れてもそれに伴う理由や事情までは汲み取れなかった。当然だ。それは本人以外、誰も知りえないこと。

だからこそ、その事情も含めて、経歴については本人から直接聞こうと改めて心に決めていた。それなのに、結局父から聞かされる形となってしまった。

「とにかく、彼の素性はあきらかにはなったが、だからといってすぐ認めるわけにもいかない。まして、このあと商談がある。もしかすると……それが理由でお前に……」

「その可能性を私の口から否定したって、お父さんは納得しないでしょう？」

真っ向から返すと、あの威厳《いげん》ある父が狼狽えた。

私は父を見据え、宣言する。

「でも、これだけは聞いて。私は彼が好きだから。本気よ」

すると、階下から「お迎えが来ましたよ」と母の声が聞こえた。それを合図に父は立ち上がり、「行くぞ」と言い残して先に部屋を出ていく。

私も気持ちを切り替えて、父のあとを追いかけた。

訪れたのは、葉山崎ホスピタルの応接室。

病院自体には何度も訪れてきたけれど、応接室は初めて。しかも、父をはじめ、叔父と祖父という、葉山崎グループを代表する面々だ。緊張が解れる兆《きざ》しも見えない。

室内に漂う慣れないビジネスの雰囲気に委縮していると、ノックが聞こえる。父が返答すると、秘書の女性が現れた。

「お客様がお見えになりました」

そう案内されて姿を現したのは。千石さんと部下らしき男性ひとり。

千石さんは会釈をして入室すると、粛々と頭を下げた。

「本日はご多忙中にもかかわらず、このような機会をくださりありがとうございます」

相変わらず美しい所作に目を奪われる。けれども、同じスーツ姿でも、カメリヤで接客しているときとはまた雰囲気が違って感じられた。今の彼のほうが、よりキリッとした頼もしいオーラがある。

「さっそくですが、資料をどうぞ。こちらに沿ってお話しさせていただきます」

千石さんの言葉に合わせ、男性が手にしていた資料を私たちひとりずつに手渡ししてくれる。

私は手にした資料に目を落とした。

「先日、概要《がいよう》をメールにてお送りいたしましたが、弊社の予定している新規事業は、ホテル事業と病院機能を融合させた新しい〝ホスピテル〟です。といっても、単にホテルライクな病院だとか、ホテルを病院の代替施設にするものではありません」

資料は、千石さんがプレゼンテーションをしている内容を、図解や建物の完成予定図など差し込み、わかりやすく作成されている。

私は夢中になって資料を見ながら、千石さんの声にも耳を傾ける。

「質の高い医療技術と接客サービスをかけ合わせ、患者様をはじめ、そのご家族に、少しでも心身ともに負担を少なくするような施設を――というコンセプトです」

あくまで、宿泊客を患者さんとその家族に絞るって話なんだ。それは確かに、あまり聞いたことはないかも。

千石さんは、落ち着いた声と聞き取りやすいスピードで説明を重ねる。

「特に大きな病気を患《わずら》い、闘病されている患者様は大きな病院でしか、かかれないことのほうが多いでしょう。場合によっては、自宅から何十キロも離れた病院へ行かなければならないケースも。そうですよね？」

「ええ。隣の県どころか、もっと離れた場所から来られる方もいますからねえ」

叔父が反応すると、千石さんは真剣な面持ちで口を開く。

「貴院を選出いたしましたのは、敷地の広さや立地条件もありますが、なにより患者様からの信頼が厚いというデータ結果が主な理由です」

するど、父が言いづらそうに切り出す。

「それは光栄です。しかし、うちは今……」

「失礼ながら経営状態が悪化している旨《むね》も存じておりますが、診察と経営とでは畑が違うので仕方のないことでしょう」

辛辣《しんらつ》な言葉に、父たちは眉根を寄せてわずかに俯いた。私も同じく胸が苦しい思いになり、自然と視線が下がりかけた、そのとき。

「ですが、後者の問題につきましては僭越《せんえつ》ながらわたくしが力をお貸しできます。医師として手を貸すことは叶いませんが、経営アドバイザーとしてお役に立てるかと」

頼もしい声音に、私を含め全員の目が彼に向いた。

「わたくしのこれまでの経歴や業績などは、簡単ではありますが別紙にございます。一、二年あれば、数字も上向きになるかと思います。いえ、お約束いたします」

千石さんの言葉に、叔父が手元の紙を見ながらつぶやく。

「アルベルゴ・アメシストの総支配人……？」

アルベルゴ・アメシスト――。そのホテルもまた、国内指折りの人気のあるラグジユアリーホテルだ。

叔父の驚嘆に反応したのは父だ。父は叔父に身体を寄せ、こそっと答える。

「それも、二十六歳のときらしい。あと、ここにあるように中小企業診断士の資格

も」

「中小企業診断士……って。合格率が五パーセント前後のかなり難易度が高いってい
う国家資格じゃないか！　いったい彼は何者なんだ？」

叔父の驚きに、私も同様の思いだった。仕事ができてすごい人だと漠然《ばくぜん》とした感覚
でいたけれど、千石さんはそういった枠に収まるような人ではないのかもしれない。

ここにいる誰もが彼の持つ才に驚愕するも、当の本人はそれを鼻にかけるでもなく
淡々と話を進めていく。

「たとえば、来院患者様のデータから四十代以下の患者数が年齢階級別受療率の平均
値を下回っているのがわかります。そのくらいの年代に効果が望める方法はいくつか
ありますが、わたくしは手始めにホームページの一新をと考えます」

「ホームページでそんなに変わるものなのかねえ」

おそらく無意識なんだろうけれど、叔父が資料を見ながら渋い声を漏らした。

千石さんは眉ひとつ動かさず、悠々《ゆうゆう》と説明をこなしていく。

「マーケティングリサーチの結果から、患者様の病院選びにおいてネットでの情報収集が大半を占めているのは明瞭です。口コミは操作できませんが、ホームページの見やすさや、病院について詳細に説明することで印象は大きく変わります」

私にはこういった話を聞く機会もなく、ただ千石さんの仕事ぶりに引き込まれた。

時折父や叔父の反応を窺うと、決して否定的ではなさそうだった。

対して祖父は、私がここに来たときからずっと変わらず、威厳に満ちた表情でいる。

資料には目を通しているようだけど、どう思っているのだろう。

「もちろん共同で事業を始めることとなれば、今後はもっと綿密《めんみつ》な打ち合わせと対策でバックアップを図ります。ぜひ前向きにご検討ください」

私の懸念をよそに、千石さんは流暢な話にひと区切りつけた。

すると、ついに祖父が重い口を開く。

「検討ねえ」

ひとことそうつぶやき、また黙るものだから得《え》も言われぬ緊張感を抱く。

祖父は資料を静かに閉じ、グッと背筋を伸ばし座り直した。

「検討するまでもない。事業提携の件、謹《つつし》んでお受けしよう。我々としては願ってもない話だ。そうだろ？」

問いかけられた父と叔父は、一瞬たじろいだものの、両者とも首を縦に振っていた。

祖父は千石さんをジッと見つめ、小さく笑う。

「君がどれほど優秀な人物か、よく知っていたつもりだったがここまでとは……。それにしても、まさか君とカメリヤ以外で顔を合わせることとは思わなかった。しかも、ビジネスの場で」

「もとより、あそこには長く居座る予定ではなかったので」

控えめに返す千石さんは、美しく微笑んだ。

「ところで、ここに孫を同席させた理由をそろそろ教えていただきたいんだが」

ふいに祖父が私に目線を移し、尋ねた。

実は私もその理由がずっと気になっている。

千石さんは、みんなの視線を一身に受けても堂々として笑顔を振り撒く。

「恵さんにも今回ご同席を願い出た理由は、彼女にもお力添えをいただきたいと思っているからです」

「恵に？　いったいなにを？」

父の反応には、私も同調する思いだ。

不安が募る中、千石さんの説明を待つ。彼は、隣に立っていた部下の男性に手を差し出し、タブレットを受け取った。

「わたくしは恵さんの書に心酔《しんすい》しておりまして。彼女の作品については皆様のほうがよくご存じとは思いますが」

こちらに向けられたタブレットのディスプレイに映し出されたのは、私の書道の作品だった。

千石さんは、ディスプレイを指で軽くスライドしながら続ける。

「読みやすく、みずみずしく。そうかと思えば実直で力強い、凛とした佇まいを感じられる。彼女の人柄が表れています」

人前で正面切って褒められ、途端に気恥ずかしくなり俯いた。

私の書いた字を千石さんは、いつ……あ。前にアトリエを見にきてくれたとき？

記憶をさかのぼって腑に落ちたタイミングで、彼は意気揚々《いきようよう》と提言する。

「それらを踏まえて提案いたします。病院理念のスローガンを、恵さんに揮毫《きごう》していただくのはいかがですか？」

「えっ」

父たちよりも先に、驚きの声を漏らしてしまった。

予想だにしない展開に、理解するのに精いっぱいで気持ちがまだついていかない。

「筆文字はインパクトもあり、日本でも古くから慣れ親しんでいるもの。また、書き初めや挨拶状など、厳《おごそ》かな雰囲気を連想するでしょう。清らかなイメージは病院にぴったりです」

千石さんが言うと、不思議とそう思える。

「視覚からアプローチしたいと考えましたが、まずは恵さんのご意見をお聞かせいただけますか？」

千石さんのひと声で一斉に目を向けられ、動揺する。けれども、千石さんだけを瞳に映し出していたら、動揺も緊張も和らぐ気がした。

「私……この病院が経営不振だという話を耳にしたとき、自分にできることがあるなら協力したいと思っていました」

父の視線を感じ、まっすぐ向き合う。

「ですが、葉山崎の人間として情で引き受けるのではなく、きちんとお仕事のご依頼として、謹んでお受けしたく存じます」

丁重にお辞儀をしてそう答えた。

次に顔を上げたとき、目が合った千石さんは、プライベートの表情とは違い、信頼を寄せるビジネスパートナーに向ける顔つきだった。

私はそれが本当にうれしくて、高揚感に胸が高鳴るのを感じていた。

十数分後。祖父たちと次の約束を交わした千石さんは、退室していった。

それを追いかける形で父が応接室を出たのを見て、私もこっそりあとに続いた。

直感で、千石さんとなにか話をするのではないかと思ったのだ。

「千石さん」

エレベーターホールの手前で、父は彼を呼び止める。千石さんは、父を振り返った。

当然、顔がこちらを向けば、父の後方にいる私も彼の視界に入る。だけど、千石さんは、あえてなのか私を見ずに父だけをまっすぐ見ていた。

彼は父の雰囲気からなにかを察したのか、そばにいた部下に「先に戻っていてくれ」と指示を出す。部下の男性がいなくなったのち、返答をした。

「なんでしょう」

父は少し間を置いたあと、ぼそりと答える。

「恵を同席させたのは、わたしたちに恵とのことを認めさせるためだとばかり」

父がそんなふうに考えていたと知り、驚倒する。

千石さんも一瞬目を丸くしたものの、ふわりと笑った。

「いえ。さすがにそのようなこと。まずはこの大きな案件を纏めないことには、認めていただけないと思った次第です」

「あなたはそのために、うちの病院に事業の話を持ちかけたんですか？」

間髪いれずに父が投げかけた内容に、さらに驚かされる。

まさか、千石さん本人にそれを問い質《ただ》すなんて！

「さすがにそれはありませんよ。ビジネスなのでね。信頼できるエビデンスに基づいて選出いたしました」

千石さんは苦笑交じりにそう言った。

そうだよ。彼は公私混同《こうしこんどう》なんて絶対にしないタイプだもの。

父の背中にじとっとした視線を送っていると、千石さんが真剣な顔で続ける。

「ただ、任せてもらえる予定ではなかったこの案件の責任者に、自ら進んでそうなれるようには仕向けましたが」

自ら……仕向けた？　それって、どういう意味？

「つまり……？」

私の疑問を父が代弁してくれた。

千石さんは口角を上げ、不敵に微笑む。

「わたくしは本気で手に入れたいものに対して、手段を選ばない人間なので。自分の肩書きや居場所は、あくまでその手段のひとつということです」

つい後ろで会話を聞いてしまっているけれど、千石さんの言っている意味が難しくてわからない。父と千石さんふたりの会話だから、『どういう意味ですか？』とは割って入って聞けないし……。

「もしや……本気で手に入れたい、というのが……恵だと？」

父の信じられない発言に思わず口を挟んでしまいそうになった。しかし、そうなる前に、千石さんが返す。

「先ほども説明した通り、今回の事業に貴院を選出したことに私情はありません。が、失敗は許されない心づもりではいました。わたくしと彼女のご実家との距離を縮める絶好の機会だったので」

さらりと言ってのけた言葉に衝撃を受け、声をあげる。

「そんな！　そのためにカメリヤを辞めて、ご実家の会社へ戻られたんですか？」

「め、恵！　いつからそこに！」

父にも構わず千石さんに問いかける。

「千石さん。本当は、もっとカメリヤで仕事をしたかったのでは？」

「違う。俺は別にカメリヤに愛着があるわけじゃない。常に自分の力を試せる場所を探していただけだ」

千石さんの言い分に嘘はないと感じる。

私は片時も目を逸らさず、重ねて尋ねた。

「……ですから。それが、カメリヤだったのではないのですか？」

「そうだ。だが、それは俺がずっとひとりだったから。今は恵がいる。その事実が俺にとってなにを差し置いても優先すべき事項になった。唯一無二だと言っただろう」

嘘偽りのない、まっすぐな瞳に心がきゅっと音を立てる。

こんなにも熱い想いをぶつけてもらえるなんて、私は本当に恵まれている。

すると、父が私を一瞥した。そして、千石さんに向き合い、苦笑交じりに言う。

「先日の恵の縁談の件でも感じましたが、確信しました。あなたは敵に回すと怖いタイプですね」

「な、なんてことを言うの、お父……」

「しかし、味方になれば非常に頼もしいのでしょう。どんな困難からも恵を守ってくれそうだ」

父の失言に思わず言葉を被せたけれど、父は私に構わずそう続けた。

その言葉は心がこもっていて、やさしく、胸に響くものだった。

「その期待を裏切らないとお約束いたします。それと、ひとつお願いをしてもよろしいでしょうか」

「お願い？」

「今度は事業の話ではなく、彼女との将来について、ゆっくりお話しする機会をください」

深々と頭を下げる千石さんを前にして、喉の奥や目頭が熱くなる。

「それについては、恵。お前が日程の調整をしなさい」

父は私をジッと見て、申し訳なさそうに謝る。

「父さんが悪かった。お前のほうが人を見る目があるとわかったし、書道もとっくに趣味の範囲ではなかったと気づかされたよ」

その瞬間、長らく胸につかえていたものが、ようやくなくなった気がした。

私は涙目で父に笑顔を返す。

「――うん」

「千石さん。どうか娘をよろしくお願いします」

父からの願いに、千石さんは迷いなく「はい」と返した。

そうして、千石さんを見送るという名目で、私は彼とふたりエレベーターに乗った。

一階のボタンを押したあと、くるりと身体を回し、改まってお礼を言う。

「千石さん、ありがとうございます。私に仕事の機会をくださって」

それも、葉山崎の役に立てる内容だ。小さな仕事かもしれないけれど、私にとっては大きな仕事。

千石さんは階数ランプを見上げながら、さらりと言った。

「礼は不要。そうなったのは恵の実力だ。俺は俺のできることをする。今回の事業と並行して、必ず葉山崎ホスピタルを立て直す。だから恵もできることをすればいい」

彼は仕事に厳しい。だからこそ、『実力だ』と褒められ、『できることをすればいい』と背中を押してもらうと、素直に信じて前に進める。

あっという間に一階に着き、ロビーを通過しながら話題を変える。

「あの。さっき言っていた日程……いつにしましょうか」

自分から、この関係を先に進めたいと言っているみたいでドキドキする。

千石さんの顔を見られなくて、進行方向だけを見ながら彼の意向を伺った。

「ああ。今日中に俺のスケジュールを送る」

「はい」

千石さんが、うちに挨拶に来る。現実味を帯びてきたことに、頬が緩みそう。

「なにをにやけてる？」

「……千石さんが、好きすぎて」

抑えきれなくて素直に思ったまま伝えると、彼は眉間に皺を作った。

「煽ってるのか？　俺はこのあとも業務が残ってるんだが」

「ち、違っ……！　そんなつもりじゃ」

「じゃ、どういうつもりだ？」

時間差で、とても恥ずかしい発言をしたのと、彼を困らせたことに気づいて慌てた。

「だけど、千石さんだって。私の縁談のお相手がどんな方だったか、先回りして調べて知らせてくれたんですよね？」

お見合いの話をしたあの日。彼の難しい表情の答えは、きっとあのときから考えてくれていたのかも、と思ってしまう。私のために……って。

千石さんは一驚《いっきょう》した反応を見せたものの、すぐさま冷静に私の手を引く。そして、外に出てから口を開いた。

「ずっと自分のためになることしか頭になかった。けど今は、気づけば恵を一番に考えてる。これが存外楽しい。だから俺はこの先、恵のために生きると決めた」

この間まで、私を遠ざけようとしていた人と同一人物とは思えないほど、まっすぐな告白に虚を突かれた。じわじわと彼の言葉が胸の奥に浸透していく。

千石さんは、自信に満ちた顔で続ける。

「だからまずは今夜、恵と食事に行くために仕事を最速で終わらせる」

「はい。待ってますね」

すると、千石さんは片手で顔の下半分を覆い、ぼそりとつぶやく。

「やばいな……。なんだこれは。確かに勝手ににやけそうになる」

恥ずかしそうにしている彼を目の当たりにし、夢中で見つめた。

目を泳がせていた千石さんが、おもむろに私に焦点を合わせる。彼が顔から手を外せば、照れくさそうな表情はもう収まっていて、代わりに情熱的な視線を注がれた。

「俺も恵が――」

言葉の続きを想像して、心臓が大きく脈打つ。

その先にある『好き』のひとことを待っていたけれど、千石さんは耳元に唇を寄せ
「続きは今夜」とささやいた。

7. 春待月

冬咲きの椿が見頃になった、春待月《十二月》——。

私は用を済ませ、怜さんと待ち合わせていた。

あれから、葉山崎ホスピタルとザウエステートの共同事業は正式に契約する運びとなり、私の初めての仕事も目下準備中だ。

そしてその間、怜さんが私の両親に改めて挨拶に来てくれて、正式に結婚へと話が進み始めていた。

『怜さん』と呼ぶようになったのは、彼の実家に訪問したあとのこと。

待ち合わせ場所で、ふと挨拶に伺った日を思い返す。

彼のお父様はザウエステートのトップに立つ方だと事前に知っていたため、予想通りの威厳ある風格に、とても緊張した。でもいざ対面して話をすると、怜さんと同じ隠れたやさしさを持っている雰囲気で、いつしか緊張は解れていた。

お母様は温和で物腰の柔らかな女性で、勝手なことに自分の母に通ずるものを感じ、親近感を抱いた。

怜さんとの関係はすんなりと認められ、むしろ逆に『息子は仕事人間が過ぎるから生涯独身だとあきらめていた』と私の存在を喜ばれ、『息子をよろしくお願いします』と頭を下げられたものだから慌ててしまった。

マフラーの中で「ふふ」と小さく笑いをこぼしたところに、怜さんの車が目の前で停まる。私は助手席に乗った。

「お迎え、ありがとうございます」

「疲れただろ。なにも母に付き合うことはないのに。今からでも俺が言ってやる」

彼は労《いたわ》りの言葉に続き、お義母《かあ》様に対する感情をうんざりした様子でぼやいた。

さっきまで、結婚式の衣装をお義母様と見に行っていたのだ。

「いいえ。これは私の務めでしょうし、大変ですけど苦痛ではないんです。それに、大勢の方の前に出ることなんてなかったので、お義母様のご助言は必要ですから」

実は怜さんのご実家での挨拶の時点で、すでに話は結婚披露宴《ひろうえん》にまで発展していた。

内容はまだざっくりとしたものではあったものの、要点は『来年中』に『五百人規模の招待客に対応できる場所』の二点。年が明けたら正式にザウエステート次期総帥となる怜さんの、ひとつの挨拶の場として考えているのだと察した。

初めは自分が主催する側に立つことを考えたら、その規模の大きさに戸惑ったけれど、私自身、式について特に希望はなかったため、基本的にはお任せで進めている。

だから、今日の衣装選びにはお義母様に同行していただいたのだ。

「大方、母を喜ばせたいとでも思ってるんだろう」

怜さんは私を横目で見ては、呆れ交じりに言った。それが図星で肩を竦めると、隣から「はー」と長い息を漏らされる。

「やっぱりな。恵は人のためじゃなく、もっと自分のために動けばいい」

「……ですから、今日は私わがままを言いましたよ？」

おずおずと答えると、彼は目をぱちくりとさせ、一笑した。

「そうだった。じゃ、行くか」

そうして目指した先は、ホテルスノウ・カメリヤ東京の最上階レストラン〝QUARTET《カルテット》〟。昔、私が祖父と訪れた、あのレストランだ。

きっかけは、お義母様主体の結婚式準備に私が追われていると感じた怜さんが、私を気遣って『なにかしてほしいことはないか』と尋ねてきたこと。

さっきも言った通り、私は嫌々準備をしているわけではなかったのだけど、彼が『なにか要望を言え』と迫ってきて……。だから、お願いした。

怜さんと一緒にカメリヤで食事をしたい、と。

カメリヤに到着し、駐車場から館内入り口に向かって歩いているとき、彼がほんの一瞬小さなため息を吐いたのを私は聞き逃さなかった。

「怜さん、もしかして過去の職場へは行きづらかったですか？　ごめんなさい。私、そこまで気が回らず」

するると、怜さんは足を止めてこちらを一瞥し、ぽつりと返す。

「まあ、正直に言えばな」

薄々感じていた予感が的中してしまい、完全に狼狽えた。

「やっぱりやめましょう。あ、でも当日キャンセルは非常識ですよね。どうしよう」

その場でおろおろと取り乱していたら、彼は私の手を取り握った。

「落ち着け。どちらかというと、という話だ。聞かれたから答えただけ。本当に嫌だったら言われた瞬間、即答で断ってる。それに心配しなくても、誰もわざわざ俺に声をかけたりしないから気にしなくていい」

怜さんはパッと手を離し、再び前を向き歩き始める。

それから、最上階のレストランに入店し、オーダーを終えたところでひとりの男性スタッフがテーブルにやってきた。見たことのある綺麗な顔立ちの男性だ。

「失礼いたします。本日はようこそ、スノウ・カメリヤ東京へ」

滑らかなお辞儀ののちに落ち着いた声で挨拶をされ、無意識に見入ってしまった。

「誰がわざわざお前に報告を」

怜さんはそう言って、目だけでレストラン内を窺った。

立ち姿も美しいその男性スタッフは、相好を崩す。

「フロントから館内移動中のスタッフまで、数人からの報告だよ」

接し方が変わった。怜さんがここに勤めていた際に、親しかった人なのかも。ついさっき、怜さんが『誰もわざわざ俺に声をかけたりしない』と言っていたのに顔を出してくれたくらいなのだから。

こっそりふたりの様子を観察していると、男性の視線がこちらを向く。

「総支配人の天野と申します。わたしが葉山崎様とお会いするのは二度目ですね。ご来店ありがとうございます」

再び丁寧な口調に戻り、頭を下げられた。そのとき、記憶がよみがえる。

「あなたは、こちらの総支配人の方！　……え？　なぜ私の名前を……？」

時間差で、名前を呼ばれたことに気がつき驚いた。怜さんを見るも、彼は渋い顔つきのまま軽く首を横に振るだけ。

怜さんが教えたんじゃないなら、どうして？

狐につままれた気持ちで天野さんを見ると、にっこりと口元に笑みを浮かべていた。

「祖父君からお聞きしておりました。先日もお越しくださったばかりで、最近はよくあなたのお話をされてらっしゃいます」

「あ、お祖父《じい》様から！　え？　私の話……ですか？」

「立派なお仕事をされていらっしゃるようで。『孫の仕事は誰も代わりはできない仕事だ』と、大層誇らしそうにしておられました」

人づてで家族からの褒め言葉を聞き、急に恥ずかしくなる。

「いえ、滅相《めっそう》もない……」

「葉山崎理事長にそう言わしめる方なら、彼を衝き動かしたのも、おそらくあなたなのでしょう」

天野さんの言う『彼』とは、怜さんのことだと視線と表情からわかる。けれども、内容は理解できなかった。

「おい。余計な話はしなくてもいい」

すかさず怜さんが低い声で一蹴《いっしゅう》する。普段、私の前では見せない雰囲気なのもあって、ちょっと驚いた。しかし、天野さんはまったく動じていない。むしろ、楽しそうに目を細めて私に詳細を教えてくれる。

「彼がわたしのもとに来て退職を願い出たとき、理由を聞いて驚いたんですよ。あれだけ親の名声に頼っていると周囲から思われることに敏感で、あえて離れて自らの力を試し続けるストイックな男が、あっさり親元へと戻ると言うので」

そうなんだ。怜さんは、ザウエステートの名やお義父《とう》様の力を利用していると思われたくなかったのね。それで、自分の力で道を切り拓《ひら》いていきたいと願って、自ら大変な道を選んで……。

そういう矜持《きょうじ》を持ち、ひたむきに努力を重ねてきた彼だから、凛とした字を書き私はそれに惹かれたのかもしれない。ううん、絶対にそう。

天野さんは私の左手につけている指輪を見て、目尻を下げる。

「葉山崎様のためだったのでしょう。彼の退職を泣く泣く受け入れましたが、そういうことならば、心からよかったと思えます」

「泣く泣くだって？　まあよく口が回るヤツだ」

怜さんが悪態をつくも、天野さんは動じずにむしろ笑った。

「嘘じゃないさ。君はちょっと独裁主義的なきらいがあったが、それ以外は素晴らしい才能の持ち主だからな。ま、それも改善されつつあったのも感じていたよ」

「ふん」

天野さんの前では、怜さんの新しい顔が見られて新鮮だ。

もう少し見ていたいかも、なんて密かに思っていたけれど、天野さんは仕事モードに切り替わる。

「長々と申し訳ありません。わたしはこれで失礼いたします。どうぞごゆっくり」

一礼して立ち去る天野さんに会釈で応えた直後、怜さんが席を立って彼を追いかけた。たった二、三メートルしか離れていないのに、怜さんの声はここまで聞こえない。

しかし、代わりに天野さんの反応は聞こえてきた。

「仕方ないな。うちに貢献してくれたささやかなお礼も兼ねて、今夜は君に花を持たせようか」

そう言った天野さんは、怜さんの肩に軽く手を置き、去っていった。

私はなんの話かさっぱりわからなかったけれど、その後、美味しい料理を堪能していくうち、すっかり頭から消え去っていた。

カメリヤのディナーは、過去も今もやはり衰えることなく見た目もキラキラしていて、最高のひとときを過ごした。

食事を終え、駐車場に戻るつもりで来た道を戻ると、怜さんに手を掴まれる。

「こっちだ」

私は首を捻りつつ、怜さんについていく。ふかふかの絨毯を歩き、行きついたのは非常口。

「怜さん？　行き止まりじゃ……」

怜さんは構わず、重そうな非常口の扉を押し開ける。

「い、いいんですか？」

「さっき、許可はもらった」

さっき？　もしかして、レストランで天野さんと最後に話していた、あのとき？

彼が外へ出るのを見て、私も迷いながらあとに続く。外階段へ一歩出れば、ひんやりとした空気が肌を撫でた。

ゆっくりと視界を広げていくと、そこには皇居外苑の夜景が一面に広がっている。

「天野さんに信用されているんですね、今でも」

関係者のほか、非常時にしか立ち入れない、特別な場所。そう簡単に誰にでも許可をするとは考えにくい。

なにげなく思ったことを口にしただけ。なのに、怜さんは面食らった顔で、こちらを見た。その後、瞼を伏せ、再び目を開けたときにはもう冷静な彼に戻っていた。

「よくここでこっそり息抜きをしてた。それを知っているからだろう」

『よく』と話した通り、怜さんは定位置があるようで、階段終わりの壁に背を預けて遠くを眺めた。

「カメリヤの〝売り〟はあの椿の庭園だが……俺はこっちの景色のほうが落ち着く」

カメリヤの庭園は、期間限定のイルミネーションが煌びやかで綺麗だった。それに比べ、ここからの夜景は、お堀の水に浮かぶビルや外灯の明かりが幻想的で美しい。寒空の中だからか、より綺麗に見える。

「連れてきた場所がこんなところで悪いな。さすがに知ってる顔があちこちいるカメリヤに宿泊する気にはなれないから、せめてと思ったんだが」

「いえ。むしろ、怜さんの特別な場所に連れてきてもらえてうれしい」

本音で返すや否や、流れるように腰を引き寄せられ、瞬く間に距離が近くなる。

「そのまま」

怜さんの香りに包まれて、ドキドキしながら言われた通り姿勢を保つ。彼はポケットからなにかを取り出し、手のひらに乗せた。

見ると、白椿をモチーフにした可愛らしいイヤリング。

怜さんは台紙から器用にイヤリングを外す。

「……クリスマスはまだ少し先ですよ？」

あきらかに私への贈りものだとわかるものの、戸惑う気持ちが大きくてそんなふうに遠回しに尋ねる。

「これは、母に付き合って頑張ってくれてる恵へ感謝の気持ち」

怜さんは相変わらず淡々とした口調でそう答えた。片方のイヤリングを摘まみ、私をまっすぐ見つめる。

「ってのは口実で、これを見つけた瞬間、絶対に恵に似合うと思っただけ」

こうして一緒にいるとき以外でも、彼の日常に私があることに幸せを噛みしめる。

私が唇を引き結び、涙を堪えている間に、怜さんは私にイヤリングを着けてくれた。

そして、改めて私を眺め、ふわりと微笑む。

「庭園に行かなくても、俺の椿はここにある」

その言葉が胸に響いて、堪えていた涙が浮かんでくる。

私は目元を軽く拭って、明るく返した。

「落とさないように気をつけなくちゃ。髪飾りの一件もありますから」

「そのときは一緒に探してやる。お前の気が済むまで」

怜さんがあまりにやさしい瞳を見せるから、次から次へと涙が溢れちゃう。

「もう。それじゃあ見つからない前提みたいに聞こえますよ」

あえておどけて言うと、彼は「ふ」と笑って私の両頬を温かな手で包み込む。

「……ああ。見つからないな」

そうして、軽く左耳のイヤリングに触れて顔を近づける。

「どこを探しても、カメリヤの庭園にだって、こんなに綺麗な花は見つからない」

そんなにも真剣な表情で伝えられたら……。

「よく似合う。申し分のない魅力、完全なる美しさ。そして、至上の愛らしさ——椿は恵にぴったりの花だな」

花言葉を並べて私に微笑みかける彼を瞳に映し出し、湧き出る感情はたったひとつ。

「好き」

たくさんの想いをその二文字に乗せて届けたら、両手を伸ばして凛々《りり》しく頼もしい背中を抱き寄せる。

気づけば陽の当たる庭園じゃなく、月夜に静かに光り輝く場所に、こんなに惹かれて心が落ち着く。

密やかに照らす月みたいな彼を、心から愛している。

顔を傾けてキスが落ちてくると同時に、瞼を下ろした。冬の夜風に吹かれながら唇を重ねていると、その寒さも忘れ、身体も心もぽかぽかしてくる。

「ん……」

最後に頬ずりをされ、そっと距離を取る。面映ゆさを抱きながら、ゆっくり彼を見上げた。

彼は瞳に静かな光を灯していて、私はその双眼に捕らわれ、黙って見つめ返す。

「――恵。俺はお前をなによりも大切に想っている」

彼は普段クールな人だった。まだ心が通い合っていない頃は、こういった言葉をもらえる日が来るとは思いもしなかったくらいに。

けれど、直接的な言葉はなくとも、行動の端々に私への思いやりを感じられた。

それだけで、十分だった。

なのに、いざこうして正面からごまかさず、取り繕わずに〝大切だ〟と伝えてくれるとうれしくて仕方がない。

「……はい。私も同じ気持ちです」

特別な場所で、特別な言葉をかけてもらった。

このうえなく、幸せだ。

感極まって、またもポロポロと涙の粒が落ちていく。怜さんはその涙を掬うように、頬や目元にキスをする。

「一度しか言わない」

彼が額に唇を落としたあと、ぽつりと続けた。

「――愛している」

仄暗い非常階段で彼は口元に緩やかな弧を描き、慈愛に満ちたまなざしでささやく。

その柔和な表情も、甘い声も愛の言葉も、貴重な一瞬でしばらく茫然とした。

徐々に実感が湧いてきて、再び抱きつく。

「本当にうれしい。私も怜さんのこと、心から愛しています」

背伸びをして怜さんの首へ手を回し、何度目かのキスを交わす。その後、しばらく彼の胸に頬を寄せていた。

すると、怜さんが私の背中をポンポンとやさしく叩く。

「さて。そろそろ帰るとするか」

彼に言われ、腕を緩め距離を取る。

この場所を離れるのが少し名残惜しい。でも、ずっといるわけにはいかない。

怜さんがドアノブに手をかけたとき、背中に向かって告げる。

「ここからの景色も素敵ですが、やっぱり怜さんの家が一番好きかも。部屋の雰囲気も、景色も。しーちゃんもいるし、あちこちに怜さんを感じられるから」

するると、彼が振り返る。

「最後の言葉は、そっくりお返ししてやるよ」

「最後の？　えっ」

『あちこちに怜さんを感じられる』と私は言った。つまり、怜さんも……？

「今や部屋中どこでも恵を感じられる」

ニヤッと妖艶な笑みを向けられ、ふいにこれまでの甘い時間を過ごしたことを思い出してたちまち恥ずかしくなった。

「あ……最近は特に入り浸りすぎちゃってましたよね。すみませ……ン……ッ」

おどおどと返答した矢先、強引に唇を奪われる。

「悪くもないのに謝るのはこの口か」

怜さんは涼しげな声で言うなり、私の下唇に触れる。

「本音を言うと、結婚式なんてどうでもいい。お前が好きなドレスを着て、笑って隣にいてくれたらそれで」

「だめですよ。ご両親と約束したじゃないですか。順を踏むようにと」

「順……ね。式を挙げて、籍入れて、同居して……恵似の家族が増えて」

怜さんの話を聞き、驚いた。

私似の家族……。それって、そういうことだよね？

じわじわとその意味を噛みしめ、顔が熱くなる。

「ど、どうして私限定なんですか？」

「そんな理由、わざわざ聞かなくてもわかるだろ。性格がまっすぐで芯が強くて、誰がどう考えても恵に似た子どものほうが可愛がられる」

「私は怜さんみたいな、ちょっと不器用だけどやさしい子も好かれると思います」

即座に返すと、今度は怜さんが気恥ずかしそうに顔を背けた。……かと思えば、急に「ふっ」と笑いをこぼす。

私は笑った理由が気になって視線で訴える。

「あー、いや。想像したら、つい」

「なにをです？」

気になって前のめりで問いかけたら、彼はやさしく微笑んだ。

「そのときが来たら、恵は名前の候補を書いた紙を部屋いっぱいに広げるんだろうな」

説明された光景を脳内で想像し、『確かにそうかもしれない』と納得してしまった。

私は怜さんの袖を軽く引っ張る。

「そうですね。でも、そこは怜さんも一緒に、ですよ」

すると、彼は目をぱちぱちと瞬かせたのち、「望むところだ」と勝ち気に笑う。

「ま、それはもう少し先の楽しみにするとして」

「はい。今はまだいろんな準備もありますし。怜さんはお仕事も大変ですから」

そう答えたと同時に急な突風が吹き、目を瞑る。乱れた髪を耳にかけながら、再び怜さんに視線を移した。

彼は私の手を取り、薬指の指輪に口づけをする。

「全部片づいたら、まずは綺麗な海が見える場所にでも行くか」

それは、いつかの日、私がなにげなくこぼした望み。

あれほどささやかな会話でさえ、時間が経ってもこうして大事に覚えてくれている人だから——私は今も恋い慕う。

チラチラと小雪が降り始める。

私たちは引き寄せ合うように、想いを重ね合わすように、そっとやさしく口づけた。

おわり

あとがき

今回、いつも以上に四苦八苦《しくはっく》しました。

筆が進まないのを猛暑のせいにしながら、最後まで書き上げられるか本当に不安を抱きつつ、結果こうして皆様にお届けできて、ほっとしております。

今作のヒーローは私の中では『悪役』の立ち位置にいるキャラクターで、そんな彼が恋愛する模様を描くのは、難しくも楽しくもありました。そして、最終的に愛おしくもなりました！

彼のような悪役キャラは、味方につけるとものすごく頼もしいだろうなあと感じます。私はそういったキャラクターやストーリーが好きです（笑）。

最後に、作品をお手に取っていただき心より感謝申し上げます。

ありがとうございました。

宇佐木

marmalade bunko
マーマレード文庫

冷徹非情な次期総帥は
初心な彼女に求愛の手を緩めない

2023年11月15日　第1刷発行　定価はカバーに表示してあります

著者　宇佐木　©USAGI 2023
発行人　鈴木幸辰
発行所　株式会社ハーパーコリンズ・ジャパン
東京都千代田区大手町1-5-1
電話　03-6269-2883（営業）
0570-008091（読者サービス係）
印刷・製本　中央精版印刷株式会社

Printed in Japan ©K.K. HarperCollins Japan 2023
ISBN-978-4-596-52940-4

m a r m a l a d e b u n k o